Der Abenteuer Fluss

Lois Walfrid Johnson

1 Flucht in der Nacht

CLV

Christliche Literatur-Verbreitung e. V.
Postfach 11 01 35 · 33661 Bielefeld

Lois Walfrid Johnson

ist Autorin von 38 Büchern. Ihre Werke sind in zwölf Sprachen übersetzt worden und haben viele Preise gewonnen. Doch für Lois ist das Wissen, dass die Leser ihre Bücher mögen, die schönste Auszeichnung. Lois und ihr Mann Roy leben in Minnesota, USA, und haben drei verheiratete Kinder.

Um mehr über Lois und ihre Bücher zu erfahren, besuche ihre Website www.lwjbooks.com.

1. Auflage 2015

Originaltitel:
Escape into the Night / The Freedom Seekers 1

Moody Publishers
820 N. LaSalle Boulevard
Chicago, IL 60610
USA

by CLV · Christliche Literatur-Verbreitung
Postfach 11 01 35 · 33661 Bielefeld
Internet: www.clv.de

Übersetzung: Franziska Sägesser
Satz: CLV
Umschlag: typtop, Andreas Fett, Meinerzhagen
Druck und Bindung: CPI – Ebner & Spiegel, Ulm

Bestell-Nr. 256.171
ISBN 978-3-86699-171-2

An all jene von euch, die mir geschrieben haben,
um mir zu sagen, wie gut euch
die »Abenteuerwälder«-Reihe gefallen hat:
Ich widme euch dieses erste Buch
dieser neuen Reihe vom »Abenteuer-Fluss«.
Alles Liebe!

Der obere
Mississippi
1857
Osceola
Stillwater
Hudson
Minneapolis
St. Paul
St. Croix R.
Minnesota R.
Hastings
Prescott
Red Wing
Lake Pepin
Chippewa R.
Black R.
Reads Landing
Wabasha
Alma
Winona
La Crosse
La Crescent
MINNESOTA
WISCONSIN
Michigansee
Wisconsin R.
Mc Gregor
Prairie du Chien
Guttenberg
Cassville
Galena R.
Dubuque
Dunleith (E. Dubuque)
Galena
Cedar R.
IOWA
Bellevue
Savanna
Clinton
Chicago
Iowa R.
Le Claire
Des Moines R.
Skunk R.
Davenport
Rock R.
Muscatine
Moline
Rock Island
Burlington
Salem
Denmark
Gulfport
Fort Madison
ILLINOIS
Nauvoo
Keokuk
N
NW
NE
W
E
SW
SE
S
Illinois R.
Quincy
Hannibal
Grafton
Alton
Missouri R.
Kaskaskia R.
MISSOURI
St. Louis
Osage R.
Chester
Ohio R.
Cape Girardeau
Commerce
Cairo
KENTUCKY
0
100
200
Kilometer

Inhalt

Der Raddampfer Christina

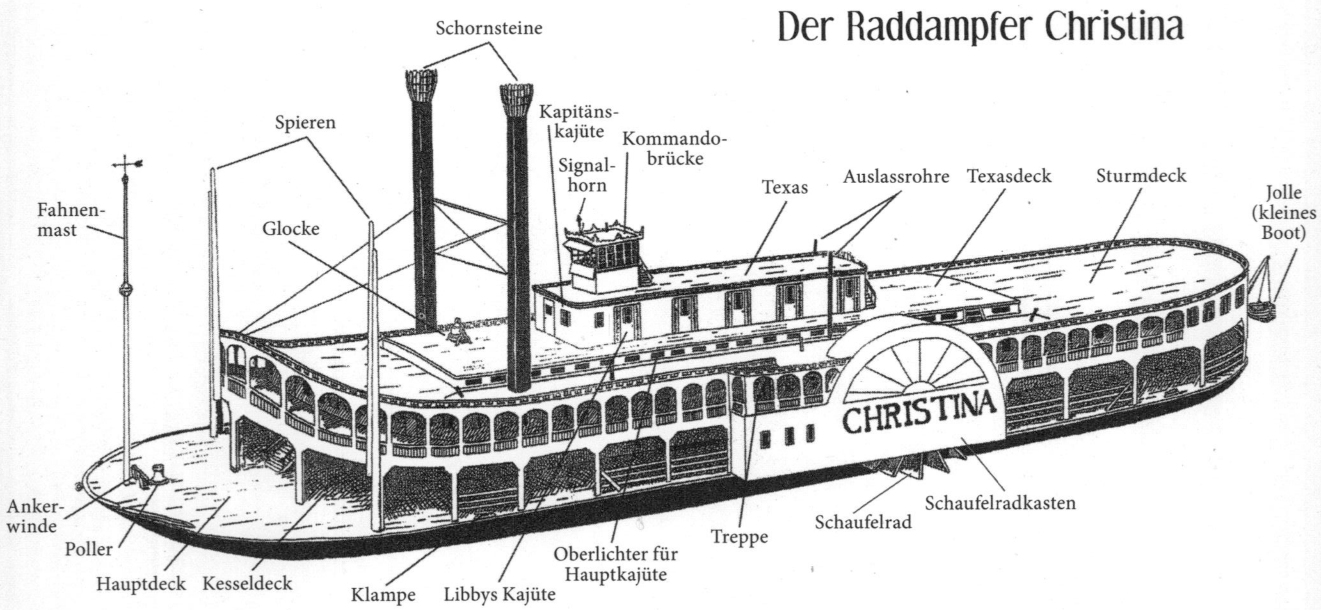

Elijah Lovejoy, Dr. und Frau William Salter, Henderson Lewelling, Amos und Ellen Kimberly und ihr Sohn Samuel, Reverend Asa Turner sowie Diakon und Frau Theron Trowbridge sind historische Figuren, die in den 1850er-Jahren gelebt haben. Emma basiert auf der Geschichte einer realen Mutter, der Diakon Trowbridge geholfen hat. Alle anderen Figuren sind erfunden, und jede Ähnlichkeit mit lebenden oder verstorbenen Personen ist rein zufällig.

In der Zeit, in welcher das Buch spielt, wurden Afroamerikaner *Neger* genannt, nach dem spanischen Wort für schwarze oder farbige Leute.

Nächtliche Überraschungen

Ein schlanker Mond hing am Nachthimmel, als Libby Norstad aus dem geöffneten Fenster eines Hotels hinunterblickte. Unten auf dem Fluss lag der Dampfer ihres Vaters bei der Anlegestelle. Bis auf eine Laterne in der Nähe der Anlegeplanke war die *Christina* nun dunkel und schien zu schlafen.

Während sich Libbys Augen langsam an die Dunkelheit gewöhnten, löste sich rechts ein Schatten von einem Gebäude. Ein zweiter Schatten folgte, dann ein dritter. Lautlos schlichen drei Männer zum Fluss.

Bei einer Lagerhalle ganz in der Nähe der *Christina* blieben sie stehen. So leise, wie sie gekommen waren, schlichen die Männer um das Gebäude herum und verschwanden.

Einige Augenblicke später tauchten die drei Männer wieder auf. Diesmal glitten sie in die tiefen Schatten neben der Lagerhalle. An diesem Tag im März 1857 hatte es ununterbrochen geregnet, und zwischen dem großen Gebäude und dem Dampfer hatte sich eine riesige Pfütze gebildet.

Libby schaute angestrengt in die Nacht und versuchte, jede kleinste Bewegung mitzubekommen. Kurz darauf verdunkelten Wolken das schwache Licht des Mondes und verschlechterten die Sicht noch mehr.

Genau in diesem Augenblick hörte Libby Stimmen aus dem Zimmer nebenan. Ihr Vater befand sich dort mit ihrer Tante. Libby spitzte die Ohren.

»Sie ist jetzt dreizehn. Sie braucht eine Veränderung

in ihrem Leben.« Das war ihr Papa, und Libby wusste, dass er von ihr sprach. Doch seine restlichen Worte verhallten.

Lautlos huschte Libby zum anderen Fenster hinüber. Dort war sie der Wand näher, die ihr Zimmer vom anderen Zimmer trennte.

»Irgendwie schafft es dieses Mädchen immer, in Schwierigkeiten zu geraten!« Das war Tante Vis Stimme.

Libby presste ihr Ohr gegen die Wand. Gleichzeitig starrte sie zur Lagerhalle hinunter. Keine Bewegung verriet die drei Männer.

Dann bellte von irgendwo in der Nacht ein Hund. Im nächsten Augenblick sprangen die Männer aus dem Schatten. Im Laufschritt steuerten sie direkt auf die riesige Pfütze zwischen ihnen und der *Christina* zu. Lange Bretter lagen über der Pfütze, aber die Männer umgingen sie – mit nackten Füßen planschten sie durchs Wasser.

Im selben Augenblick rannte ein Junge über das Deck der *Christina*. Als er die Öllaterne erreichte, blies er die Flamme aus. Jähe Dunkelheit verbarg die Männer.

Libby schob das Fenster hoch, lehnte sich nach vorn und sperrte die Augen auf. Was war mit den Männern geschehen? Sie war sich sicher, dass sie versuchten, auf den Dampfer ihres Vaters zu gelangen.

Während Libby sich fragte, ob sie ihn warnen sollte, war es vorbei mit der Stille der Nacht. Um das Hotel herum wurden die Straßen lebendig. Nun stimmten noch weitere Hunde in das einsame Gebell ein.

Bald hörte Libby, wie die Hunde in die Straße direkt

unterhalb ihres Fensters einbogen. Acht oder zehn Männer rannten dicht hinter ihnen mit hochgehaltenen Laternen. In ihrem Licht sah Libby umherspringende Hunde. Ungeduldig jaulend zerrten sie an ihren Leinen. Bluthunde!

Die Hunde schnüffelten entlang der Seite der Lagerhalle, dann folgten sie der Spur zur großen Wasserpfütze. Zuerst schnüffelte der Leithund auf den Brettern. Da er aber keine Fährte zu finden schien, kehrte er zum Rand der Pfütze zurück. Diesmal ging er schnüffelnd darum herum.

Auf der anderen Seite bellte der Spürhund erneut. Als die anderen Hunde in sein Gebell einstimmten, wurde ihr Geheul durch sämtliche Hunde der Stadt verstärkt.

Mit der Schnauze dicht am Boden schnüffelte der Leithund weiter in Richtung der *Christina*. Am Rand des Flussufers hielt er an. Er schaute zu dem großen, schweren Mann auf, der seine Leine hielt, und bellte.

»Hallo!«, rief der große Mann. »Ihr da auf der *Christina*!«

Als der Mann seine Laterne hochhielt, bemerkte Libby, dass sich etwas verändert hatte. Die lange Anlegeplanke zwischen Dampfer und Ufer war nicht mehr da.

Da niemand erschien, rief der Mann noch einmal. »Hallo! Ich weiß, dass jemand an Bord ist! Kommt hervor!«

Um ihn herum veranstalteten die Hunde einen noch größeren Lärm. Dann bewegte sich langsam eine Laterne über das Vorderdeck. Als die Person mit der

Laterne sie hochhielt, erkannte Libby in ihm den Jungen, den sie vor zwei Minuten gesehen hatte.

Von der Reling aus rief er herunter: »Kann ich Ihnen helfen?«

»Na klar! Wo sind die Männer, die an Bord gingen?«

»Sie sahen Männer?«, fragte der Junge.

»Wo ist euer Kapitän?«, brüllte der große Mann.

»Er wird bald zurück sein, mein Herr. Möchten Sie warten?«

»Wo ist euer Erster Offizier?«

»Das kann ich Ihnen nicht sagen, mein Herr.«

»Dann lass uns an Bord kommen!«

»Ich kann Sie nicht an Bord kommen lassen, mein Herr. Nicht ohne die Erlaubnis des Kapitäns.«

»Dann fahr eure Anlegeplanke aus! Wir werden dir sagen, ob da jemand an Bord ging!«

Der Junge trat zurück und stellte die Laterne ab. Libby beobachtete, wie sich eine lange Planke vom Dampfer zum Ufer hin senkte.

Erneut hielt der Junge die Laterne hoch, blieb jedoch am oberen Ende der Anlegeplanke stehen. Sein starkes und selbstbewusstes Auftreten ließ keinen Zweifel aufkommen, dass er niemanden an sich vorbeigehen lassen wollte.

Das Rudel Hunde drängelte nach vorne, allen voran der Leithund. Mit der Schnauze am Holz schnüffelte er die Planke hinauf und hinunter. Schließlich kehrte er zu seinem Besitzer zurück und hockte sich hin.

Der große Mann drohte dem Jungen an Bord mit erhobener Faust. »Ich weiß nicht, wie du das gemacht hast!«

Der Junge schien unbekümmert. »Vielleicht sollten Sie an einem anderen Ort nachsehen«, rief er hinunter.

Das plötzliche Knurren des Mannes tönte wie das eines Hundes. Trotzdem wandte er sich ab. Als die Spürhunde schnüffelnd in Richtung der Lagerhalle zurückgingen, folgten ihnen die Männer.

Nachdem sie am Ende des Gebäudes um die Ecke verschwunden waren, hörte Libby erneut Stimmen im anderen Zimmer. Schnell ging sie auf Zehenspitzen zur Tür zwischen den beiden Räumen und kniete sich hin.

»Ich kann Libby einfach nicht dazu bewegen, das werden zu wollen, was sie werden soll.« Das war wieder Tante Vi.

Seit dem Tod ihrer Mutter vor vier Jahren lebte Libby bei ihrer Tante und ihrem Onkel in einer Villa in Chicago. In dieser zweiten März-Woche 1857 waren Libby und Tante Vi nach Burlington, Iowa, gereist, damit Libby ihren Vater besuchen konnte.

»Was soll sie denn werden?«, fragte Kapitän Norstad.

»Sie kann nichts richtig machen!«, antwortete Tante Vi. »Sie mag zwar schöne Kleider, aber –«

»Allerdings!«, stimmte der Kapitän zu. »Libby sagte mir, dass ihr meine Uniform nicht gefalle – sie sei zu altmodisch!«

»Das klingt ganz nach Libby.« Ihre Tante hörte sich erfreut an. »Sie hat einen ausgezeichneten Geschmack entwickelt. Immer entscheidet sie sich für das Teuerste.«

»Wirklich?«, fragte der Kapitän. »Nennt sie mich deshalb *Va-ter*, wie ein Mädchen der High Society? Als ich Libby das letzte Mal sah, war ich ihr *Papa*.«

Um sich kein einziges Wort entgehen zu lassen,

lehnte sich Libby weiter vor. Sie durfte nicht vergessen, ihren Vater *Papa* zu nennen. In der Dunkelheit stieß sie gegen die Tür. Hatten ihre Tante und ihr Vater das gehört?

Als sie weitersprachen, wusste Libby, dass sie unbemerkt geblieben war. Wieder hielt sie das Ohr ans Schlüsselloch.

»Was genau ist also das Problem?«, fragte Kapitän Norstad.

»Obwohl sie schöne Dinge mag, führt sich Libby wie ein Wildfang auf. Ich war entsetzt, als ich sie beim Schwimmen erwischte! Eine anständige junge Frau würde *niemals* schwimmen.«

»Es sei denn, ihr Vater hat ihr gezeigt, wie es geht.« Kapitän Norstads Stimme hörte sich gefährlich leise an. »Ich habe Libby das Schwimmen beigebracht für den Fall, dass sie vom Dampfer fallen sollte.«

»Aber sie bringt mich vor all meinen Freunden in Verlegenheit!«, jammerte Tante Vi. »Ich bin nahe daran, dieses Mädchen aufzugeben!«

Mich aufgeben? Libby spürte den Schmerz dieser Worte, als ob ein Messer ihr Herz durchbohrte.

Tante Vi will mich aufgeben?

»Nun, *ich* bin nicht bereit aufzugeben«, antwortete der Kapitän. »Ich werde Libby *niemals* aufgeben!«

Aber Libby hörte die Worte ihres Vaters kaum. Sie war so aufgebracht, dass sie wieder gegen die Tür stieß.

Im nächsten Augenblick hörte Libby schnelle Schritte, die sich in ihre Richtung bewegten. Als sie sich aufrappelte, öffnete sich die Tür. Kapitän Norstad ergriff die Hand seiner Tochter.

»Wir müssen etwas besprechen.« Er zog sie ins andere Zimmer. »Setz dich, Libby!«

»Ich möchte lieber stehen bleiben.« Egal, welche Strafe sie bekommen würde – Libby wusste, dass sie sie nicht sitzend entgegennehmen konnte. »Bitte«, fügte sie schnell hinzu.

Tante Vi saß auf einem Stuhl in der Nähe des Kamins. Im Licht der Lampe sah Libby die Augen ihrer Tante. Sie schien nicht glücklich über den Verlauf der Dinge.

Als sei er auf dem Deck seines Dampfers, maß Kapitän Norstad den Raum mit großen Runden ab. Libby wusste, was das bedeutete. Ihr Vater hatte etwas Wichtiges zu sagen.

Als er das Fenster an der Vorderfront des Hotels erreichte, hielt der Kapitän inne. Er schob den Vorhang beiseite und schaute hinunter.

Ob er wohl die Männer und die Hunde sah?, fragte sich Libby, als der Vorhang wieder an seinen alten Platz zurückfiel.

Dann wandte sich ihr Vater an sie. Mit seinen schwarzen Haaren und der Kapitäns-Uniform sah er groß und vornehm aus. »Libby, ich habe mich entschieden. Ich möchte, dass du mit mir auf der *Christina* lebst.«

Libbys Herz machte einen Freudensprung. *Ich werde wieder mit meinem Vater – meinem Papa – zusammen sein!* Nicht einmal in ihren wildesten Träumen hätte sie gedacht, dass er dies erlauben würde.

Aber Tante Vi unterbrach ihre Gedanken. »Ein Mädchen in Libbys Alter ohne ihre Mutter auf einem Dampfer? Das ist undenkbar!«

»Wirklich?«, fragte Kapitän Norstad. »Libby und ich kennen uns kaum noch. Ich will ein Teil ihres Lebens sein, ihr helfen, erwachsen zu werden. Ich sehne mich nach ihrer Gesellschaft.«

Papa sehnt sich nach meiner Gesellschaft? Libby war froh. Wie oft hatte sie sich seit dem Tod ihrer Mutter in den Schlaf geweint! Sie hatte sich einsam gefühlt ohne ihre Eltern.

»Für Libby ist es nicht sicher, auf einem Dampfer zu leben!«, rief Tante Vi aus.

»Es war nicht sicher, als sie acht war, aber Libby ist jetzt dreizehn. Ich werde ihr außerdem einen Hund besorgen.«

»Einen Hund?«, fragte Libby erschreckt. Sie war sich da nicht so sicher. Sie hatte schon viele Hunde gesehen, die auf den Straßen Chicagos herumstreunten. Schmutzige, struppige Hunde, die oft miteinander kämpften. »Bist du dir sicher, dass ich einen Hund brauche?«

»Er wird dich beschützen.«

Plötzlich kam Libby noch etwas anderes in den Sinn. »Ich habe nicht genug Kleider dabei. Wie kann ich nur mit einem einzigen Koffer voll leben?«

»Das wirst du schon schaffen!« Papas Stimme war jetzt schroff, und Libby wusste, dass niemand mehr Papas Meinung ändern konnte. Sie würde wohl oder übel auf der *Christina* leben.

Wie eine riesige Welle überkam sie der Gedanke. Libby war aufgeregt, hatte aber auch Angst. Oft hatte sie gehört, wie Leute über all die gefährlichen Dinge sprachen, die Dampfern zustoßen konnten. Sie konnten explodieren oder Feuer fangen. Sie liefen auf versteckte

Wurzeln alter Bäume auf und sanken innerhalb von Minuten. Glücksspieler reisten auf Dampfern – und Diebe.

Immer wenn sie diese Geschichten hörte, hatte sich Libby um ihren Vater Sorgen gemacht. Wenn sie nun auf der *Christina* lebte, war auch sie diesen Gefahren ausgesetzt.

Dann dachte sie an die Worte ihrer Tante – Worte, die sie bis ins Innerste schmerzten. Libby richtete sich auf und schaute ihren Vater an. »Wenn ich auf der *Christina* lebe, will ich eine *Gib-nie-auf-Familie.*«

»Was meinst du damit, Libby?«, fragte er.

Libby schaute ihm direkt in die Augen. »Ich möchte eine Familie, die zusammenhält, auch wenn es schwierig ist.«

Tränen stiegen ihr in die Augen. Da sie nicht wollte, dass ihre Tante sie weinen sah, versuchte Libby, ihre Tränen zurückzublinzeln. Stattdessen strömten sie über.

»Das ist die Art von Familie, die ich mir auch wünsche«, sagte Papa in weichem Tonfall. »Wir können diese Familie füreinander sein.«

»Mit nur zwei Leuten?«

Papa nickte. »Wenn wir einander nicht aufgeben.«

Libby konnte es kaum glauben. »Vielleicht magst du mein Benehmen nicht.«

»Vielleicht magst du meine Anweisungen nicht«, antwortete Papa.

»Aber wir können üben«, meinte Libby.

»Wir werden fleißig üben.« Die Augen ihres Vaters schimmerten. »Caleb und die anderen Leute, die auf der *Christina* arbeiten, werden unsere größere Familie sein.«

Kapitän Norstad schaute zu Tante Vi hinüber. »Ich muss Burlington morgen verlassen.«

»Morgen?«, fragte Libby. Diesmal spürte sie ihre Angst bis in die Zehen hinunter. *Wie wird mein neues Leben sein?*

Die geheimnisvollen Kisten

Am nächsten Morgen, als sie vor dem Hotel stand, in dem sie und Tante Vi die Nacht verbracht hatten, spürte Libby, wie sich ihre Erregung durch ein Kribbeln bemerkbar machte. *Heute beginne ich mein neues Leben! Ich frage mich, was für Abenteuer ich erleben werde!*

Der Raddampfer ihres Vaters schien das schönste aller Schiffe an der Anlegestelle zu sein. Schon stieg der Rauch aus den Schornsteinen in Schwaden auf. Im Sonnenlicht glänzten die Reling und die Kommandobrücke.

Dann kam Tante Vi zu Libby heraus, und gemeinsam gingen sie die Straße zum Fluss hinunter. Libby las nachdenklich den Namen am hölzernen Gehäuse des großen seitlichen Schaufelrads.

»*Christina* für meine Mutter«, sagte sie. Der vier Deck hohe Dampfer war eine stolze Erinnerung an ihre Mutter, die Libby immer noch von ganzem Herzen liebte.

»Christina war eine rothaarige Schönheit«, antwortete Tante Vi. Sie und Libbys Mutter waren Schwestern gewesen. »Tiefrotes Haar mit goldenen Strähnen – dieselbe Farbe wie deines. Auch dieselben braunen Augen. Männer aus dem Umkreis von mehreren Kilometern wollten sie heiraten –«

»Ich weiß, ich weiß«, unterbrach Libby. Sie hatte die Geschichte schon mindestens hundertmal gehört.

»Deine Mutter hätte jeden reichen Mann ihrer Wahl heiraten können«, fuhr ihre Tante fort. »Warum sie sich ausgerechnet deinen Vater ausgesucht hat, werde ich nie verstehen!«

Libby schaute prüfend zum Himmel hinter der *Christina*. Es war ihr, als habe eine Wolke die Sonne verdeckt. Zu Libbys Überraschung erschien der Himmel immer noch in strahlendem Blau.

»Mama heiratete Papa, weil sie ihn liebte.« Libbys Stimme hörte sich schroff an, sogar in ihren eigenen Ohren. »Und ich liebe ihn auch!«

»Liebe bezahlt keine Rechnungen«, antwortete ihre Tante wie immer. »Wenn dir das Leben auf dem Dampfer zu schwer wird, steht dir bei deinem Onkel Alex und mir immer eine Tür offen.«

Libby wollte nicht daran denken, zu ihrer Tante zurückzukehren. Nicht jetzt jedenfalls, wo sie sich auf ihr neues Leben freute. Stattdessen erinnerte sich Libby an die verletzenden Worte ihrer Tante. *Sie denkt, dass ich nichts wert bin. Vielleicht hat sie recht.*

Libby versuchte, ihre Nervosität zu verdrängen, und steckte ihre Hand zwischen die Falten ihres Reifrocks. Der weiße Stoff ihres neuen Kleides fühlte sich weich an. Libby warf ihren Kopf zurück und schaute in Richtung der *Christina*.

Dies ist der erste Tag meines neuen Lebens! Ich werde ihn mir von niemandem verderben lassen! Libby beschleunigte ihre Schritte, bis sie gerade so schnell war, wie sie es noch wagen konnte. In einer Stunde würde ihre Tante nach Chicago zurückkehren. *Ich muss nur noch die nächste Stunde überstehen.*

Genau in diesem Augenblick bekam Libby einen Schluckauf.

»Kind!«, rief ihre Tante entsetzt. »Wie kannst du nur zu einem solchen Zeitpunkt einen Schluckauf bekommen?«

»Ich weiß es nicht.« Libby wünschte sich, ihre Nervosität beiseiteschieben zu können. Seit ihrem achten Lebensjahr war sie nie mehr auf einem Dampfer gewesen. Mitten in ihrem nächsten Schluckauf schluckte Libby schwer.

Ihre Tante warf ihr einen ärgerlichen Blick zu. »Atme tief ein, dann wird er aufhören.«

Als sie die Anlegestelle erreichten, holte Libby tief Luft. Ihr Vater, groß und gut aussehend, wartete am obersten Ende der Anlegeplanke. Zwei Männer in schwarzen Anzügen, steifen weißen Hemden und Fliegen standen neben ihm.

Tante Vi hielt Libby an. »Vergiss nicht«, sagte sie. »Ich habe dich zu einer anständigen jungen Dame erzogen.«

»Ja, Tante.« Libby gluckste. »Ich werde mein Bestes geben.«

»Halt den Atem an!«, riet ihre Tante.

Den ganzen Weg die Anlegeplanke hinauf hielt Libby die Luft an. Ganz oben streckte der Vater ihr die Hand entgegen.

»Willkommen an Bord, Libby!« Er legte seinen Arm um sie. »Ich bin froh, dass wir wieder zusammen sein werden.«

Kapitän Norstad wandte sich den Offizieren neben ihm zu. »Dies ist meine geliebte Tochter, von der ich euch so oft erzählt habe.«

Libby versuchte zu lächeln, aber sie musste atmen.

»Es freut mich, Sie kennenzulernen«, sagte sie schnell. Ihre Worte endeten in einem lauten Glucksen.

Libby hielt sich schnell den Mund zu. Sie wäre am liebsten davongerannt und hätte sich versteckt. »Entschuldigung«, brachte sie gerade noch hervor. Wieder hielt sie den Atem an; diesmal so lange, dass sie das Gefühl hatte, bald in Ohnmacht zu fallen. *Wie kann ich meinen Vater nur so in Verlegenheit bringen?*, dachte sie.

»Libby, hör auf damit!«, befahl ihre Tante. Aber als Libby tief einatmete, ertönte ein weiteres lautes Glucksen.

»Wir werden dir ein Glas Wasser bringen.« Kapitän Norstad hörte sich an, als sei es überhaupt nicht ungewöhnlich, dass seine Familie vor seinen Offizieren einen Schluckauf hat. »Das ist Herr Osborne, der Erste Ingenieur der *Christina.*«

Da sie sich scheute, den Mund zu öffnen, nickte Libby bloß.

»Und Herr Bates, mein Erster Offizier.«

Herr Bates war beinahe so groß wie ihr Vater. Als Libby schon wieder gluckste, presste er seine dünnen Lippen zusammen und runzelte die Stirn. Es war nicht schwer zu erraten, was er von ihr hielt.

Inzwischen hatte sich eine Maske über das Gesicht ihrer Tante gelegt. Aus langjähriger Erfahrung wusste Libby, dass sie ihre Tante beschämt hatte. Aber Kapitän Norstad schien es nicht zu bemerken.

»Ich werde dir Libbys Zimmer zeigen«, sagte er an Tante Vi gewandt, so, als sei nichts geschehen. »Du wirst dich besser fühlen, wenn du siehst, wie ich mich um sie kümmern will.«

Er führte sie zu einer breiten Treppe auf der vorderen Seite des Dampfers. Libby eilte ihm nach. Je eher sie dies hinter sich brachten, desto schneller würde sich ihre Tante auf den Weg machen.

Das zweite »Stockwerk«, das Kesseldeck, befand sich über den großen Heizkesseln, die Wasser aufheizten und Dampf produzierten, um den Dampfer anzutreiben. Hier führte Kapitän Norstad Libby und ihre Tante durch eine große Tür.

Ein langer, schmaler Raum – die Hauptkajüte – erstreckte sich vom einen Ende des Dampfers zum anderen. Kellner in weißen Mänteln gingen umher und deckten die Tische für das Mittagessen. Ihr Vater bat einen der Männer um ein Glas Wasser für Libby. Als ob sie monatelang keinen Tropfen getrunken hätte, leerte sie das Glas in einem Zug.

Wieder draußen vor der Kajüte führte Kapitän Norstad sie eine weitere Treppe hinauf. Als sie das Sturmdeck erreichten, ging Libby zu der Burlington zugewandten Seite des Dampfers hinüber. Direkt unterhalb befand sich die Anlegestelle. Dahinter war die Lagerhalle, zu der die drei Männer letzte Nacht hingeschlichen waren.

Erneut fragte sich Libby, ob ihr Vater die rennenden Männer und die schnüffelnden Hunde gesehen hatte. Wenn ja, ließ er es sich durch nichts anmerken.

Da bemerkte Libby, dass ihre Tante außer Atem war. »Papa«, sagte sie schnell. »Tante sieht weiß aus.«

Obwohl Vi nach Luft schnappte, hob sie die Hand. »Mir geht es gut – prächtig.«

Aus dem Ärmel zog sie ein Spitzentaschentuch

hervor. Scheinbar mit letzter Kraft tupfte sie sich die schweißnasse Stirn ab.

Libby wusste jedoch, was nicht in Ordnung war. Um dünn und modisch auszusehen, schnürte ihre Tante ihre Unterbekleidung so eng zusammen, dass sie kaum atmen konnte.

Als Kapitän Norstad ihr seinen Arm anbot, nahm Tante Vi ihn. Mit langsamen Schritten führte er sie die paar Stufen zum Texasdeck hinauf, auf dem sich das sogenannte »Texas« befand, eine kistenähnliche Konstruktion, die nach dem kürzlich zu den USA hinzugefügten Staat benannt wurde und Raum für die Zimmer einiger Besatzungsmitglieder bot.

Kapitän Norstad hatte den besten aller Räume – ein Appartement auf der Vorderseite des »Texas«. Von den Fenstern mit Blick nach vorne und zu beiden Seiten konnte er alles sehen, was draußen vor sich ging.

Über diesem Raum befand sich die Kommandobrücke, aber Libby wusste, dass ihr Vater sich davor hüten würde, Tante Vi noch eine weitere Treppe hinaufzuführen. Stattdessen brachte er sie und Libby zur Kajüte hinter der seinen.

Als Kapitän Norstad die Tür öffnete, eilte gerade Herr Bates heraus. Unter beiden Armen trug er Kleider und Decken. Mit einem mürrischen Gesicht blickte er in Libbys Richtung.

Komisch, dachte Libby. *Ich habe ihn erst einmal getroffen, aber er mag mich nicht. Ich frage mich, wieso.*

Sekunden später fand sie es heraus.

»Ich habe dir die Kajüte des Ersten Offiziers gegeben«, erklärte ihr Vater. »Ich will dich gleich neben mir haben.«

Ich bekam also das zweitbeste Zimmer, sagte Libby zu sich selbst und freute sich.

Nach einem flüchtigen Blick durch das Fenster von Libbys Zimmer wandte sich ihre Tante ab. Sie schaute zur Sonne hinauf, obwohl es an diesem Märztag noch ziemlich kühl war.

»Warum schaust du dich nicht einmal um?«, sagte Kapitän Norstad zu Libby. »Ich werde Vi zum Hauptdeck hinunterbegleiten.«

Mittlerweile war Tante Vis Gesicht nicht mehr weiß, sondern rot. Sie zog einen kleinen Fächer aus der Tasche und schwenkte ihn hin und her.

Dankbar, dass sie allein war, ging Libby in ihre Kajüte. In dem etwa zweieinhalb Meter breiten und zwei Meter langen Raum befanden sich ein Bett und einige Kleiderhaken. Unter einem Spiegel waren ein Waschbecken, ein Wasserkrug und ein Nachttopf auf einem Tischchen platziert.

Von hier aus werde ich die Welt entdecken! Libbys Begeisterung kehrte zurück.

Aber als Libby sich umdrehte, füllte ihr Reifrock den gesamten Raum zwischen ihrem Bett und dem Waschtisch aus. *Wo kann ich meinen Schrankkoffer verstauen?*, fragte sich Libby.

In Chicago hatte Libby in einer Villa gelebt. Hier führten zwei Türen aus dem ohnehin winzigen Zimmer, auf jeder Seite eine. Zwischen diesen Türen schienen die Wände Libby zu umzingeln. *Drei von diesen Kajüten würden in mein großes Zimmer passen. Und Tante Vi hat mir immer alles gegeben, was ich haben wollte!*

Libby hatte das Gefühl, mit diesem kleinen, engen Raum nicht mehr zurechtzukommen, und stürzte hinaus. Wie ein Eichhörnchen, das ins Unterholz flieht, huschte sie in die Kajüte ihres Vaters. Allein der Anblick dieses größeren Raums, in dem ihr Vater wohnte und arbeitete, gab ihr ein besseres Gefühl. Wenigstens konnte sie sich hier umdrehen, ohne dass ihr Rock etwas berührte!

Eine Zeit lang stand sie einfach da und holte ein paarmal tief Luft. Um nichts in der Welt hätte Libby zugegeben, wie groß ihre Angst war. Sie hatte Angst, ihre schönen Sachen in Chicago zurückzulassen, Angst vor all den Veränderungen in ihrem Leben und am allermeisten Angst bei dem einem Gedanken: *Man sagt, dass das Leben auf einem Dampfer wirklich gefährlich ist!*

Ein kurzes Tuten unterbrach ihre Gedanken. Das Abfahrtsignal! Libby riss die Tür auf.

Als sie hinauseilte, stieß sie mit einem Jungen zusammen. Ein Eimer flog ihm aus der Hand, und Libby wurde von Kopf bis Fuß mit Wasser überschüttet.

Entsetzt schaute sie nach unten. Schmutzige Wasserspuren befleckten ihr neues weißes Kleid. Noch mehr Wasser tropfte von ihrem Gesicht herunter.

»Kannst du nicht aufpassen, wo du langgehst?«, zischte sie.

»Warum passt *du* nicht auf, wo *du* hintrittst?« Die blonden Haare des Jungen fielen bis über seine Stirn. Libby vermutete, dass sie etwa gleich alt waren.

Nun starrten seine blauen Augen sie wütend an. »Was tust du überhaupt hier? Du schnüffelst wohl herum! Das ist die Kapitänskajüte – Zutritt für Unbefugte verboten!«

Libby richtete sich auf. Sie war beinahe so groß wie dieser gut aussehende Junge. »Es ist mein gutes Recht, hier zu sein«, antwortete sie stolz. »Ich bin Libby Norstad, die Tochter des Kapitäns.«

Der Junge wich überrascht zurück. Auf seinem Gesicht machte sich eine Röte bemerkbar.

Mit einer leichten Kopfbewegung warf Libby ihre langen Locken zurück. »Und wer bist du?«

»Caleb Whitney«, sagte er. »Der Schiffsjunge deines Vaters.« Er sprach in einem höflichen Tonfall, aber der Ärger war noch nicht aus seinen Augen verschwunden. »Es tut mir leid!«, fügte er hinzu, als ob er wüsste, dass er keine andere Wahl hatte.

»Das will ich auch hoffen.« Mit größtmöglicher Würde schritt Libby davon. Aber plötzlich bekam sie einen Schluckauf.

Als Caleb kicherte, wurde es Libby noch peinlicher. Doch auf einmal wusste sie, was sie tun konnte. Immer noch mit hoch erhobenem Kopf drehte sie sich um. »Ich werde mit meinem Vater über dich sprechen.«

Calebs Grinsen verschwand. Er stand mit gestrafften Schultern vor ihr und antwortete: »Ja, Miss.« Doch seine Stimme klang nicht so höflich wie seine Worte.

Da sie befürchtete, nochmals einen Schluckauf zu bekommen, wandte sich Libby ab und rauschte die Treppe hinunter. Erst als sie das Kesseldeck erreichte, besann sie sich.

Mit Schrecken wurde ihr klar, wer der Junge war. Letzte Nacht hatte sie ihn zweimal gesehen – beide Male auf dem Hauptdeck der *Christina*.

Erneut fragte sie sich, was mit den Männern passiert war, die sie gesehen hatte. »Ich werde Caleb fragen«, entschied sie sich. »Er arbeitet für Papa. Er muss es mir sagen.«

Als sie das Hauptdeck erreichte, hatte die *Christina* Burlington verlassen. Libby fand ihren Vater und ihre Tante am Bug des Dampfers stehen. Der Streifen Wasser zwischen Schiff und Land war schon sehr breit geworden.

»Libby!«, rief ihre Tante aus. »Was ist denn mit dir passiert?«

»Ich stieß mit –«, wollte Libby die Schuld zuerst auf Caleb schieben.

Dann bemerkte sie, dass ihr Vater zuhörte. Seine Lippen zuckten, als ob er demnächst in Lachen ausbrechen wollte.

Libby war hin- und hergerissen. *Wenn ich Caleb verrate, wird er mir dann noch von letzter Nacht erzählen?* Da überlegte sie es sich anders. »Ich kam, um dir Lebewohl zu sagen«, sagte Libby stattdessen. Am Burlington, Iowa, gegenüberliegenden Flussufer lag Gulfport, Illinois. Als sich die *Christina* vorsichtig der Anlegestelle näherte, sah Libby Eisenbahngeleise und einen wartenden Zug.

»Vergiss nicht«, sagte Tante Vi zu Libby, »dass du bei uns immer willkommen bist.«

»Ich weiß«, antwortete Libby leise. »Danke für alles, was du für mich getan hast!« Sie reckte sich, um ihrer

Tante auf die Wange zu küssen, und war überrascht, wie schwierig es war, Abschied zu nehmen. *Nur weil ich Angst habe! Nur weil Tantes Haus so sicher erscheint!*

Erneut wirkte die ungewöhnliche Welt entlang des Mississippi beängstigend. Doch Libby setzte ihr bestes Lächeln auf. Um nichts in der Welt hätte sie ihrer Tante anvertraut, dass sie auch Angst verspürte, wenn sie daran dachte, auf einem Dampfer zu leben.

Kapitän Norstad führte Tante Vi zur Eisenbahn. Libby winkte vom Bug der *Christina* hinunter, als habe sie keinerlei Sorgen.

Als die Passagiere den Dampfer verlassen hatten, begannen Deckhelfer damit, Fässer und Lattenkisten auszuladen. Zwei Männer schleiften eine große Holzkiste über das Deck. Jeder ergriff eine Seite, und so hoben sie die Kiste auf und trugen sie die Anlegeplanke hinunter. Während sie sie auf einen Waggon an der Anlegestelle stellten, kam der Junge, mit dem Libby zusammengestoßen war, die Treppe herunter.

Als die Deckhelfer zum Dampfer zurückkehrten, hatte Caleb einen Platz in der Nähe der Anlegeplanke eingenommen. Schlank und selbstsicher stand er da, in dem weißen Mantel und der schwarzen Hose eines Schiffsjungen.

»Vorsicht, Vorsicht«, wies er die Männer an, als sie eine zweite große Kiste aufhoben.

Auch sie schien schwer zu sein. Aber es war Caleb, der Libby neugierig machte. Warum beaufsichtigte ein Schiffsjunge das Laden des Frachtguts?

Im Nu hatten die Männer die zweite Kiste auf den Waggon geladen. Als sie eine dritte Kiste über das Deck schleiften, fiel die Morgensonne schräg auf eine Seite. Die Sonnenstrahlen beleuchteten ein großes Astloch im Holz.

Schlagartig wurde Libby wachsam. *Bewegte sich da etwas in der Kiste? Oder war es meine Fantasie?*

Erneut leitete Caleb die Deckhelfer an. Was auch immer die Kiste enthielt – es war sowohl schwer als auch wertvoll.

Als die Männer sich der Reling näherten, hoben sie die Kiste auf. Mit dem schwebenden Gewicht zwischen ihnen ging ein Mann rückwärts in Richtung der Anlegeplanke. Plötzlich stolperte er über ein kleines Fass.

Er stürzte nach hinten und ließ dabei den Griff los. Als die Kiste auf das Deck krachte, hörte Libby ein Stöhnen.

Um besser sehen zu können, eilte sie nach vorn. Genauso schnell stellte sich Caleb zwischen sie und die Kiste.

Jetzt kommt Samson!

Als Libby versuchte, um Caleb herumzugehen, hielt er sie zurück. »Was suchst du hier?«, fragte er.

Libby warf ihre roten Locken zurück. »Ich will sehen, was hier vor sich geht.«

»Du bist im Weg«, antwortete Caleb. »Bitte geh auf die Seite. Wir müssen diese Kiste zur Eisenbahn bringen.«

Zum zweiten Mal innerhalb einer Stunde schaute Libby auf ihn herab. »Und wer bist du, dass ich auf dich hören sollte? Niemand Geringerer als – ein Schiffsjunge! Und *du* versuchst, mich herumzukommandieren!«

Eine Verlegenheitsröte schoss Caleb ins Gesicht. Aber als Libby erneut versuchte, sich das Astloch näher anzusehen, versperrte er ihr die Sicht.

»Du übernimmst viel Verantwortung«, sagte sie.

»Wenn Kapitän Norstad sie mir gibt, übernehme ich sie«, antwortete er.

Erneut hoben die Deckhelfer die Kiste zwischen ihnen auf. Mit sorgfältigen Schritten gingen sie die Anlegeplanke hinunter.

Diesmal gelang es Libby, Caleb zu umgehen und ihnen zu folgen. Als die Männer die Anlegestelle erreichten, schoben sie die Kiste auf den Wagen. Caleb war direkt hinter ihnen.

»Fahren Sie los!«, rief er dem Fahrer zu.

Als sich die Pferde in Richtung Eisenbahn in Bewegung setzten, sprangen die zwei Männer hinten auf den Wagen. Libby ging nebenher. Wieder folgte ihr Caleb. »Was tust du, Libby Norstad?«, fragte er.

Libby tat, als höre sie ihn nicht. Das Astloch im Holz war nicht mehr zu sehen. Das bedeutete, dass es auf der Unterseite der Kiste sein musste. Als Libby näher heranging, lauschte sie angestrengt, hörte aber kein anderes Geräusch.

Caleb passte seine Schritte ihrem Tempo an. »Warum schnüffelst du eigentlich dauernd herum?«, fragte er.

»Ich will wissen, wieso diese Männer eine Kiste tragen, wo auf einer Seite *OBEN!* draufgeschrieben wurde.«

Mit einer schnellen Handbewegung schob er sich die Haare aus den Augen. »Du bist echt neugierig. Weiß dein Vater, dass du den Dampfer verlassen hast?«

»Was hat das mit der Kiste zu tun?«, fragte Libby.

»Wir laufen in wenigen Minuten aus. Er wird keine Freude haben, wenn wir dich zurücklassen.«

»Das sagst du doch nur so!«

»Nein, tu ich nicht!«

Die Schiffsglocke unterbrach Calebs Worte. Sie war ein Abfahrtsignal, das wusste Libby. Aber sie wusste nicht mehr, wie das Signal funktionierte.

Da sie keine andere Wahl hatte, als Caleb zu glauben, blieb Libby stehen. Doch ihr Blick folgte immer noch dem Wagen und seiner merkwürdigen Ladung.

»Ich habe ein Geräusch gehört«, sagte sie.

»Wirklich?« Caleb blieb neben Libby stehen.

»Ein Stöhnen. Das Stöhnen eines Mannes. Ich bin mir ganz sicher!«

»Hundertprozentig?« Auch Caleb behielt die Kiste im Auge.

Neben der Tür eines Güterwagens hielt der Fahrer den Wagen an. Die Deckhelfer hoben die drei Kisten nacheinander hoch und stellten sie ins Wageninnere. Als die letzte Kiste sicher platziert war, drehte sich Caleb um und ging zur *Christina* zurück.

»Da war ein Astloch«, sagte Libby, während sie neben ihm herging. »Durch das Astloch sah ich, wie sich etwas bewegte.«

»Das ist seltsam.« Caleb beschleunigte seine Schritte, als wolle er möglichst schnell zum Schiff gelangen. »Was könnte sich in einer Kiste bewegen?«

»Ich habe es dir ja gesagt!« Libby hatte langsam keine Geduld mehr mit ihm. »Es ist ein Mann in der dritten Kiste!«

»Es ist ganz schön schwierig zu sagen, ob es wirklich ein Mann ist, wenn alles, was du gesehen hast, ein Astloch war.«

»Caleb Whitney!« Libby blieb mitten auf dem Weg stehen. »Ich habe es nicht nur gesehen, ich habe es auch gehört. Wenn du ein Hirn im Kopf hättest, wüsstest du das!«

Zu einer Erwiderung bereit, hob Caleb das Kinn. Stattdessen schaute er an Libby vorbei. Libby drehte sich um, neugierig, was es hinter ihr zu sehen gab.

Nicht weit entfernt stand der Erste Offizier auf dem Deck der *Christina*. Herr Bates lehnte sich sogar etwas nach vorn, als ob er versuchte hinzuhören. Weshalb wollte er erfahren, was sie miteinander redeten?

Als Caleb wieder sprach, schien er ihren Streit vergessen zu haben. »Du solltest dich lieber beeilen. Dein Vater wird sich fragen, wo du bist.«

Diesmal widersprach Libby nicht. Doch als sie die Anlegeplanke hinaufeilte, schleuderte sie ihm eine letzte Bemerkung entgegen. »Du bist der seltsamste Junge, dem ich je begegnet bin!«

Calebs Grinsen überraschte Libby. *Er tut, als ob alles nach seinem Willen verlaufen wäre.* Aber Libby verstand nicht, warum.

***

Trotz Calebs Eile verließ die *Christina* den Hafen nicht sofort. Als Libby und Caleb auf dem Bug des Dampfers standen, starrte er in Richtung der Straßen von Gulfport. »Dein Vater ist spät dran.«

Libby drehte sich um und schaute zur Kommandobrücke hinauf, die über dem »Texas« thronte. Sogar von hier aus konnte sie den oberen Teil des großen Rades sehen, mit dem sich der Dampfer steuern ließ. Dahinter stand der Steuermann, bereit, die *Christina* aus dem Hafen zu lenken.

Libbys Vater hatte ebenfalls die Lizenz zum Steuermann. Als Kapitän und Besitzer der *Christina* verbrachte er jedoch die meiste Zeit damit, sich um das Geschäft zu kümmern. Und auch die Passagiere sahen ihn gerne. Wenn sie an Bord kamen, gab ihnen sein herzlicher Empfang Vertrauen in die Sicherheit des Dampfers.

Als die Glocke erneut ertönte, deutete Caleb mit dem Finger zur Straße. »Da ist er!«

Mit großen Schritten eilte Kapitän Norstad auf die *Christina* zu. An seiner Seite bewegte sich etwas, das wie ein großer, schwarzer Bär aussah.

Libby rutschte das Herz in die Hose. »Ein Hund? Ein riesiger Hund?«

»Dein Vater hat einen Neufundländer gekauft!«, rief Caleb begeistert.

»Einen Neufundländer?« Libby hatte sich überhaupt keinen Hund gewünscht, und dies war der größte Hund, den sie je gesehen hatte. »Was ist ein Neufundländer?«

»Hast du noch nie von Neufundländern gehört? Es sind Zughunde.«

»Und was ist ein Zughund?«

»Ein Arbeitshund. Seit Hunderten von Jahren ziehen Neufundländer Wagen für ihre Besitzer.«

»Du meinst, sie arbeiten angeschirrt wie ein Pferd?«

»Sie benutzen Geschirr, aber keine Zügel«, erzählte Caleb ihr. »Sie sind darauf trainiert, auf gesprochene Befehle zu reagieren.«

Auch hier, auf dieser Seite des Flusses, bedeckten Schlammpfützen die Straßen. Kapitän Norstad ging um sie herum, aber der Hund nicht. Er blieb an der Seite des Kapitäns und stapfte mitten durch alle Pfützen, geradeso, als ob es ihm Spaß machte, nass zu werden. Dann tappten seine nassen Pfoten durch den schwarzen Schmutz am Flussufer.

Es herrschte rege Betriebsamkeit auf den umliegenden Dampfern, doch Libby hatte nur Augen für das eine – diesen schrecklichen Hund. Sie hegte keinerlei Zweifel darüber, wer sich um ihn würde kümmern müssen.

Als er Libby erblickte, winkte ihr Vater. »Ich habe genau das gefunden, was ich für dich suchte!« Als spüre er die Begeisterung des Kapitäns, riss sich der Hund los.

Mit großen Sätzen rannte er die Anlegeplanke hinauf, direkt auf Libby zu. Er sprang in die Höhe, sodass seine Vorderpfoten genau auf ihren Schultern landeten.

Libby wankte zurück und fiel beinahe hin. Sie versuchte, den Hund wegzustoßen.

»Aus!«, befahl der Kapitän, und der Hund ließ sich auf das Deck fallen.

Aber Libby fürchtete sich immer noch. Dann schaute sie nach unten, und ihre Angst verwandelte sich in Wut. Der Hund hatte große, schwarze Schmutzflecken auf ihrem bereits nassen Kleid hinterlassen.

Aus seiner Sitzstellung starrte das Monster zu Libby hinauf. Abgesehen von weißen Flecken an Brust und Zehen war der Hund vollkommen schwarz. Seine lange Zunge hing wie zum Gruß heraus. Aber Libby wollte mit dem Hund nichts zu tun haben.

»Wie heißt er?« Caleb war bereits auf den Knien und streichelte den Hund.

Es ist also ein Junge und kein Mädchen!, dachte Libby.

»Samson«, antwortete ihr Vater.

»Samson!«, rief Libby. »Er ist so groß; er macht den Eindruck, dass er Ärger bereitet!«

»Das wird er nicht.« Das breite Grinsen ihres Vaters verriet, wie erfreut er war. »Samson ist ein guter Hund. Er hat es nur etwas übertrieben.«

Aber Libby konnte seine Begeisterung nicht teilen. »Wie hast du ihn so schnell gefunden?«

»Das letzte Mal, als ich hier angelegt hatte, traf ich seinen Besitzer. Sie haben sich gut um ihn gekümmert. Ich bin froh, dass Samson noch zu haben war.«

Der Kapitän streckte seine Hand aus und kratzte den Hund hinter den Ohren. Samson wedelte mit dem Schwanz, als ob die zwei schon dicke Freunde wären.

»Sieh dir sein Fell an!« Caleb streichelte dem Hund den Rücken. »Schön und glänzend, wie es sein sollte. Keine Klette darin!«

Als er die große Vorderpfote des Hundes anhob, fand Caleb einen kleinen Stein, der sich zwischen den Zehenhäuten verfangen hatte. Nachdem der Junge den Stein entfernt hatte, streckte Samson seine Zunge aus und leckte Caleb das Gesicht.

»Ich habe Samson für dich gekauft, Libby«, sagte der Kapitän. »Ich will, dass du ihn überallhin mitnimmst.«

Libby erinnerte sich an das Gespräch ihres Vaters mit Tante Vi. »Dieser Hund soll mich beschützen?« Das erschien lächerlich, nachdem er sie beinahe zu Boden geworfen hatte.

Libbys Vater lächelte. »Gott ist dein wirklicher Beschützer, aber vielleicht wird Samson helfen. Er wird dir gute Gesellschaft leisten.«

»Gute Gesellschaft!« Libby missfiel allein der Gedanke daran. »Ich *will* keinen Hund!«

»Er kann in deinem Zimmer bleiben.«

»Nein!« Das Wort brach aus Libby heraus. »Ich will diesen Riesenhund nicht in meinem kleinen Zimmer!«

Mit seinem großen, quadratischen Schädel schaute Samson sie an, als ob er gerne Freundschaft schließen würde. Seine braunen Augen flehten Libby geradezu an.

Einen Augenblick lang bereute Libby ihre Worte. Sie fühlte sich beinahe zu dem Hund hingezogen. Dann verwarf sie den Gedanken. Wer wollte schon einen vierbeinigen Freund, der einem das Gesicht vollsabberte und abschlürfte, wenn man ihm zu nahe kam?

»Samson ist ein Rettungshund«, erklärte Caleb schnell. »Wenn ein Seemann ins Meer fällt, folgt ein Neufundländer ihm.«

»Nun ja, hier ist weit und breit kein Meer!«

»Aber ein Fluss«, erwiderte Caleb mit Nachdruck.

»Wenn du je von Bord fallen solltest, würde er dich retten«, sagte ihr Vater.

»Er würde hinter mir hineinspringen?« Zum ersten Mal sah Libby Samson mit Respekt an.

Der Hund schien die Wende in Libby zu spüren. Er stand auf und hob eine seiner großen Pfoten, wie um seine neue Freundin zu begrüßen.

Als sie hinunterblickte, sah sie wieder den Schmutz auf ihrem neuen Kleid. Der weiße Stoff würde nie mehr derselbe sein.

Der Gedanke, für einen solchen Hund sorgen zu müssen, war Libby unerträglich, und sie rannte zur Treppe. Auf halbem Wege schaute sie zurück.

In der Nähe des Bugs der *Christina* stand Caleb neben Kapitän Norstad und sprach leise mit ihm. Beide machten ein ernstes Gesicht, als sei ihr Gespräch nicht für die Ohren anderer bestimmt.

Als Libby hinschaute, wurde sie wieder neugierig. *Ich würde vieles dafür geben, zu wissen, was Caleb gesagt hat!*

Der schlechte Anfang

Als die Deckhelfer die Taue und Seile an Bord warfen, schaute Libby vom Sturmdeck aus zu. Mit einem kurzen Tuten glitt die *Christina* in die Strömung.

Hoch in der Luft stieg der schwarze Rauch in Schwaden aus den Schornsteinen auf. Die großen Schaufelräder auf beiden Seiten des Dampfers klatschten gegen das Wasser.

Libby mochte diese Geräusche. Sie wurde dadurch in die längst vergangenen Zeiten versetzt, als sie und ihre Mutter an Bord gewohnt hatten. Als kleines Mädchen hatte sich Libby immer sicher und glücklich gefühlt beim Geräusch der sich drehenden Schaufelräder.

Nun atmete sie tief ein. Den schönen Märztag empfand Libby als einen besonderen Empfang an Bord. Dann spürte sie, wie etwas gegen ihren Rock klatschte. Samson stand mit wedelndem Schwanz da.

Libbys gute Laune war wie weggeblasen. »Samson, Samson. Was soll ich nur mit dir anfangen!«

Samsons große, braune Augen schienen warm und freundlich. Aber Libby wollte keine Freundschaft schließen.

Sie versuchte den Hund zu ignorieren und ging über das Deck. Doch Samson trottete dicht hinter ihr her. Bei der kleinen Treppe zum Texasdeck beschleunigte Libby ihre Schritte. Samson folgte ihr dicht auf den Fersen.

Vor der Tür ihrer Kajüte blieb Libby stehen. »Jetzt habe ich also eine Nervensäge am Hals!« So, als lache er sie aus, streckte Samson seine lange Zunge heraus.

»Du musst draußen bleiben«, befahl Libby ihm.

Mit einem leisen *Wuff!* hockte sich Samson hin. Er neigte den Kopf, wie um etwas zu sagen. Doch Libby zog die Tür zwischen ihnen zu.

In ihrer Kajüte fand sie ihren Schrankkoffer vor der gegenüberliegenden Tür. Der Schrankkoffer ließ den Raum noch enger erscheinen. Doch zu Libbys großer Erleichterung hatte jemand Wasser in den Krug auf dem Tischchen gefüllt. Sie konnte sich frisch machen.

Beim Ausziehen ihres Kleids entdeckte sie ein weiteres Geschenk Samsons: Ihr Rock war von schwarzen Haaren übersät.

Libby seufzte. *Samson, du ruinierst noch mein Leben!*

Als Libby versuchte, ein anderes Kleid anzuziehen, bemerkte sie ein noch größeres Problem – die lange Reihe von Knöpfen an ihrem Rücken. Nie zuvor hatte Libby sie selbst zuknöpfen müssen. Je mehr sie sich anstrengte, desto unbeholfener kamen ihr ihre Finger vor. Wenn sie so weitermachte, würde sie das Mittagessen verpassen.

Libby mühte sich immer noch mit den Knöpfen ab, als es an der Tür klopfte.

»Libby?«, rief eine sanfte Stimme.

»Wer ist da?«

»Rachel Whitney, Calebs Oma. Es ist Essenszeit. Kann ich dir irgendwie behilflich sein?«

Libby riss die Tür auf. Draußen stand eine Frau, die viel kleiner war als sie selbst. Ihr grau-weißes Haar war zurückgekämmt und auf ihrem Kopf zu einem Knoten gebunden. Lachfalten umgaben ihre Augen, die Oma jünger erscheinen ließen.

»Mein Kleid –«, sagte Libby, und die Frau machte sich daran, die lange Reihe von Knöpfen zuzuknöpfen. »Wer, sagten Sie, dass Sie sind?«, fragte Libby.

»Die Chefkonditorin. Als ich Arbeit brauchte, gab dein Vater sowohl mir als auch Caleb einen Job. Aber nenn mich ruhig Oma, wie Caleb!«

»Ist Caleb die ganze Familie, die du hast?« Libby wollte alles über diesen seltsamen Jungen herausfinden, was sie konnte.

Aber Oma meinte einfach: »Ich könnte mir keinen besseren Enkel wünschen.«

Da war es wieder. Alle schienen so viel von Caleb zu halten. *Werden die Leute je ähnlich von mir denken? Vielleicht werde ich eines Tages eine Gib-nie-auf-Familie haben, die an mich glaubt!*

Oma hielt ein sauberes Kleid über Libbys Kopf. »Wenn du dich beeilst«, sagte Oma, »kannst du es noch zum Offizierstisch schaffen.«

Als Libby die Treppe hinuntersauste, erinnerte sie sich daran, wie ihre Mutter neben ihrem Vater gesessen hatte. Wann immer es möglich war, hatten sie und Mama Papa auf seinen Reisen begleitet. Sogar als kleines Kind durfte Libby mit ihren Eltern am Offizierstisch sitzen. Seltsamerweise schienen die Mahlzeiten nie lange zu dauern.

Papa hatte ihre Mutter oft aufgezogen. Und Mamas Lachen – Libby konnte es immer noch hören. Es war wie eine silberne Glocke, leicht und schön. Hatte Papa Mama geneckt, um ihr Lachen zu hören?

Nun schmerzte diese Erinnerung. Libby wünschte sich, wieder mit beiden Eltern lachen zu können.

Als sie die große Kajüte erreichte, die sich vom einen Ende des Dampfers zum anderen erstreckte, war Libby außer Atem.

Der Offizierstisch befand sich im vorderen Teil der Kajüte, neben dem Bootsbüro. Der Kapitän saß mit dem Gesicht den Tischen zugewandt, an denen die Passagiere saßen. Kapitän Norstads Offiziere saßen gemäß ihrem Rang bei ihm.

»Tut mir leid, dass ich zu spät komme«, sagte Libby, als sie auf ihrem Stuhl zur Rechten des Kapitäns Platz nahm. *Dank Oma habe ich wenigstens ein sauberes Kleid*, dachte sie.

Ihr Vater hatte den Ehrenplatz für Libby frei gehalten. Am anderen Ende des Tisches saß der Steuermann, danach Herr Bates, der Erste Offizier, den sie bereits angetroffen hatte. Er schien immer noch verärgert über ihre Anwesenheit.

Auf der gegenüberliegenden Tischseite saß Herr Osborne, der Chefingenieur, und neben ihm der Buchhalter des Dampfers. Libby mochte Herrn Osborne sofort.

»Schön, dich an Bord zu haben«, sagte er und schien es auch so zu meinen. »Wir hoffen, dass du dich bei uns wohlfühlen wirst.«

Bald drehte sich das Gespräch um andere Dinge. Libby aß schnell, um die anderen einzuholen. Doch sie fühlte sich unwohl, sogar am Tisch ihres Vaters. Immer wenn sie zum Ersten Offizier hinüberschaute, hatte sie das Gefühl, als sei sie draußen in einem Dezemberwind stehen gelassen worden.

Ist er verärgert, weil ich sein Zimmer bekommen

habe?, fragte sich Libby. *Oder ist es der Platz, an dem ich sitze?* Wegen ihr war Herr Bates einen Sitz weiter entfernt vom Kapitän platziert worden.

Was auch immer nicht stimmte – Libby wusste, dass sie sich bereits einen Feind gemacht hatte. Erst als der Nachtisch serviert wurde, schien Herr Bates aufzutauen. Libby gab acht, wie viele Fruchttörtchen er nahm. Insgesamt drei Stück!

Als die Mahlzeit vorüber war, hielt Kapitän Norstad Libby zurück, als sie zur Tür gehen wollte. »Wir werden heute Nachmittag Unterricht haben.«

»Du meinst *Schule*?«, fragte Libby. »Ich dachte, die sei ich los!«

Ihr Vater lächelte nur. »Komm in meine Kajüte. Wir werden gleich beginnen.«

Auf einer Seite von Kapitän Norstads Zimmer auf dem Texasdeck befand sich ein Bett. Der Rest der Kajüte diente als Wohnzimmer und als Empfangszimmer für Gäste. Auf dem Tisch, der vorhin noch von Karten vollständig bedeckt gewesen war, befanden sich nun nur noch ein Buch, Schreibpapier und Stifte.

Caleb war schon da, und Libby setzte sich ihm gegenüber.

»Müssen wir jeden Tag Schule haben?« Sie hatte langsam das Gefühl, es wäre einfacher, bei ihrer Tante zu leben.

Caleb schüttelte den Kopf. »Kapitän Norstad kann uns nicht immer unterrichten. Wenn wir angelegt haben, hat er manchmal zu viel zu tun.«

»Gut!«, rief Libby erfreut. »Dann kommen wir an diesen Tagen um die Schule herum?«

»Wir werden lernen, aber dein Vater hat nicht so viel Zeit, uns zu unterrichten.«

Libby seufzte.

»Bei deinem Vater macht Schule Spaß.«

»*Spaß?* Was für eine komische Person du doch bist, zu denken, dass Lernen ein *Spaß* sein kann!«

Caleb gab sich nicht geschlagen. »Wenn wir in einer Stadt ankommen, erzählt mir dein Vater ihre Geschichte oder etwas Wichtiges, was dort geschah. Manchmal verlangt er, dass ich in die Stadt gehe und einen Bericht schreibe.«

»Worüber?«

»Über alles, was gerade geschieht. Er will, dass ich verstehe, was um uns herum passiert.«

Genau in diesem Augenblick betrat Kapitän Norstad den Raum. »Na, Libby«, sagte er, als er eine mit Papieren gefüllte Schublade öffnete. »Es ist schön, dich im Unterricht dabeizuhaben.«

Als er sich setzte, legte er drei Blatt Papier vor sich auf den Tisch. Doch als er mit dem Unterrichten anfing, schaute er nie auf die Blätter.

Er begann damit, dass er ihnen von einem Gesetz über flüchtige Sklaven, das vor sieben Jahren im Jahr 1850 verabschiedet worden war, berichtete. »Das Gesetz droht mit harten Strafen für alle, die einem Flüchtigen helfen zu fliehen«, sagte er.

»Was sind Flüchtige?«, fragte Libby.

»Entlaufene Sklaven«, erklärte ihr Caleb. »Sklaven, die ihrem Besitzer davonlaufen.«

»Das Gesetz gibt den Sklavenbesitzern das Recht, einen Suchtrupp aufzubieten und den Sklaven nachzujagen, sogar in freien Staaten«, fuhr Kapitän Norstad fort.

»Nördliche Staaten, meinst du?«, fragte Libby.

Ihr Vater nickte. »Die Leute im Norden finden das Gesetz nicht gut. Einige Staaten haben eigene Freiheitsgesetze verabschiedet, die entlaufenen Sklaven das Recht auf einen Prozess mit Geschworenen geben. Andere Staaten haben ihren Beamten aufgetragen, bei der Gefangennahme und Rückführung entlaufener Sklaven keine Hilfe zu leisten.«

Libby hörte dies alles zum ersten Mal. *Warum weiß ich darüber nicht Bescheid?*, fragte sie sich. *Ist es, weil Tante alle Zeitungen wegräumt, die Onkel Alex nach Hause bringt? Will sie nicht, dass ich verstehe, was in der Welt geschieht?*

Libbys Neugier war geweckt. Vielleicht hatte Caleb recht. Es versprach trotz allem spannend zu werden. »Du sagtest, es steht eine Strafe darauf, einem entlaufenen Sklaven zu helfen. Was für eine Art Strafe?«

»Hohe Geldstrafen«, antwortete ihr Vater. »Sogar Gefängnisstrafen.«

»Aber ist das nicht einfach gerecht?«, fragte Libby. »Wenn jemand ein Gesetz bricht, sollte er dann nicht bestraft werden?«

Caleb starrte Libby an. »Meinst du das im Ernst? Verstehst du denn, was dieses Sklavengesetz überhaupt bedeutet?«

»Ich denke schon.« Im Innern fühlte sich Libby nicht so sicher, aber das würde sie Caleb nicht auf die Nase binden.

»Du *denkst* es?« Caleb lehnte sich nach vorn. »Wenn

dieses Gesetz so super ist, warum mögen es dann die Nordstaaten nicht? Wieso haben sie wohl weitere Gesetze verabschiedet – solche, die den Leuten ihre persönliche Freiheit geben? Warum unterstützen die Nordstaaten die Leute dabei, Sklaven *nicht* an ihre Besitzer auszuliefern?«

»Aber warum geben die Leute die Sklaven nicht ihren Besitzern zurück?«, fragte Libby. »Die meisten Sklaven werden gut behandelt. Sie sind besser dran bei ihren Meistern.«

Caleb seufzte. »So einen Unsinn habe ich im Leben noch nie gehört!«

Kapitän Norstad redete leiser. »Libby, ich bin neugierig. Wo hast du gehört, dass Leute als Sklaven besser dran sind?«

Bevor Libby antworten konnte, hörte sie ein Klopfen.

»Brauche Ihre Hilfe bei einem Passagier, Sir«, sagte ein Mann zum Kapitän.

Auf halbem Weg zur Tür hielt Kapitän Norstad inne. »Bei unserem nächsten Treffen will ich weiter darüber sprechen. Caleb, sei du bereit, deine Sicht der Sachlage zu erklären. Und du deine, Libby. Gebt gute Gründe an für euren Standpunkt – nicht nur Argumente, die ihr nicht durchdacht habt.«

Als ihr Vater weg war, sagte Libby zu Caleb: »Es wird mir ein Vergnügen sein, mit dir zu debattieren. Und ich werde gewinnen!«

»Das werden wir ja sehen«, antwortete Caleb so, als sei sie eine lästige Fliege.

Beim Aufstehen sammelte Libby alle Blätter ein, die das Gesetz über flüchtige Sklaven beschrieben. Sie wollte nur noch möglichst viele Kilometer zwischen sich und diesen nervigen Jungen bringen.

An der Tür hielt sie an. Wenn sie nicht so erwachsen wäre, würde sie Caleb nun die Zunge herausstrecken. Stattdessen sagte sie: »Du wirst es bereuen. Du wirst bald herausfinden, was eine richtige Debatte ist.«

Caleb grinste nur. Das brachte Libby erst recht aus der Fassung. Schnell ging sie hinaus und schlug die Tür hinter sich zu.

Plötzlich stolperte Libby über etwas. Winselnd sprang Samson ihr aus dem Weg.

»Oh, Samson!«, jammerte Libby. Sie fühlte sich schlecht, dass sie auf seine Pfote getreten war.

»Es tut mir leid!«

Als sich die Tür hinter Libby öffnete, streckte Caleb den Kopf heraus. »Du kümmerst dich ja nicht einmal um deinen eigenen Hund!«

Das stimmt, wollte Libby sagen. *Ich hatte noch nie einen Hund!* Doch sie hatte Angst, um Hilfe zu bitten. Ohne einen Blick zurück ging sie um Samson herum und marschierte davon.

»Warum lässt du ihn nicht in dein Zimmer?«, rief Caleb ihr nach. »Er möchte bei dir sein.«

Libby wirbelte herum. »Es gibt keinen Platz für ihn! Wenn Papa wollte, dass er bei mir bleibt, hätte er einen kleineren Hund besorgen können!«

»Du bist genau die Art von Mädchen, die Asa Turner nicht an der Grenze sehen wollte!«

»Asa Turner?«, fragte Libby. »Wer ist das?«

»Ein Pastor, der in der Stadt Denmark in Iowa lebt.«

»So?«, fragte Libby. Sie war es langsam satt, dass Caleb immer alles besser wusste.

»Vor einer Weile bat er einige junge Männer aus Massachusetts, darüber nachzudenken, nach Iowa zu kommen. Er wollte, dass sie dort christliche Gemeinden gründeten.«

»Und, kamen sie?«

Calebs Stimme wurde weicher, aber Libby wusste, dass er immer noch aufgebracht war. »Jepp. Die Männer, die kamen, wurden die *Iowa Band* genannt. Bevor sie sich aufmachten, sagte ihnen Asa Turner: ›Nehmt Frauen mit, die weben, spinnen, Kühe melken, Butter machen und – ‹«

»Ich bin keine Ehefrau!« Libbys Zorn loderte auf. »Und ich habe nicht vor, in nächster Zeit eine zu werden, *wenn überhaupt*.«

»Gut!« Caleb hörte sich wieder zufrieden an, aber er hatte noch nicht zu Ende gesprochen. »Vater Turner sagte, sie sollen Frauen mitnehmen, die stolz sind, einen Jeansrock oder eine karierte Schürze zu tragen.«

Libby ließ ihre Hand zwischen die Falten ihres Kleides gleiten. Während sie den weichen, seidenen Stoff berührte, war sie froh, weder einen Jeansrock noch eine karierte Schürze zu tragen. Doch Caleb versuchte ihr etwas Wichtiges mitzuteilen – etwas über sie selbst?

Im nächsten Augenblick fand Libby es heraus.

»Ich finde immer noch, dass du nicht die Art von Mädchen bist, die in diese Wildnis gehört. Sogar deine Haare –«

»Was ist mit meinen Haaren?«

»Wie viele Stunden brauchst du, um diese langen Locken zu machen?« Caleb schien nun echt neugierig zu sein.

Um nichts in der Welt hätte Libby es ihm gesagt. Sie verschwieg ihm auch, dass sie nicht wusste, wie lange sie ihre Haare überhaupt noch so tragen konnte. In Chicago hatte sie ihren Lockenstab jeweils im gläsernen Zylinder einer Lampe erhitzt. Auf der *Christina* durfte sie jedoch keine Lampe in ihre Kajüte nehmen. Die Brandgefahr war zu groß.

Libby zog an einer ihrer langen roten Locken. Als sie gegen ihre Wange zurückfederte, war Libby entschlossen, modisch auszusehen – auch auf dem Mississippi.

»Du willst es mir nicht sagen?« Calebs Grinsen breitete sich über sein ganzes Gesicht aus. »Ich kann auch Oma fragen.«

»Na, dann tu's doch!« Mit einer schwungvollen Kopfbewegung öffnete Libby die Tür und trat in ihre Kajüte. Als sie im Begriff stand, die Tür zuzuknallen, fiel ihr etwas ein.

Caleb denkt, dass ich zu der Art von Mädchen gehöre, die nicht in der Wildnis leben kann. Ich werd's ihm zeigen! Gerade noch rechtzeitig konnte Libby die Tür bremsen und leise zuziehen.

Sicher in ihrer Kajüte angekommen, warf sich Libby aufs Bett. Im Augenblick wollte sie nur zwei Dinge – allein sein und tausend Kilometer von Caleb Whitney entfernt.

Libby horchte, wie sich seine Schritte über das Deck bewegten und dann die wenigen Treppenstufen zum Sturmdeck hinuntergingen. Als sie sich sicher war, dass

Caleb weg war, öffnete Libby die Tür und hob Samsons Wassernapf auf. Aus dem Krug in ihrem Zimmer schenkte sie Wasser ein.

Samsons große Pfoten streckten sich nach vorne und wieder zurück, als er auf dem Deck lag. Libby stellte den Napf direkt vor seine Nase.

Als Samson sich nach vorne reckte, brachte seine riesige Schnauze das Gefäß zum Schwanken. Wasser spritzte in alle Richtungen, und Libby sprang zur Seite. Aber als Samson zu trinken begann, kniete sie neben ihm nieder, um ihm zuzuschauen.

Nachdem der Hund genug getrunken hatte, drehte er seinen Kopf, wie um Libby prüfend anzusehen. Als Libby in ihre Kajüte zurückkehrte, ließ Samson sich vor den Türeingang fallen, als ob er beschlossen hätte zu bleiben.

In der Kajüte öffnete Libby ihren Schrankkoffer. Ganz unten im Koffer lag ein mit Papier gefüllter Briefumschlag. Daneben war der in Ehren gehaltene Bleistift, den ihr Onkel einmal von einer Geschäftsreise nach New York mitgebracht hatte.

Libby setzte sich möglichst nahe ans Fenster und begann zu zeichnen. Dies war etwas, was sie besonders gut konnte, und Tante Vi hatte Libby von einem bekannten Künstler unterrichten lassen.

Zuerst schien Libbys Skizze nur aus langen schwarzen Haaren zu bestehen. Bald nahm jedoch ein Kopf Form an, danach ein Körper. Schließlich war Libby mit ihrem Werk zufrieden. Es war Samson, ganz ohne Zweifel. Er hatte sogar Flecken von weißem Fell an der Brust und an den Zehenspitzen.

Als Libby sich zurücklehnte, hörte sie, wie Schritte das Deck überquerten. Dann stellte jemand etwas hin. Einige Augenblicke später hörte Libby an dem unverkennbaren Geräusch, dass Samson sein Essen schlürfte.

Libby ging auf Zehenspitzen zur Tür. Als sie leise öffnete, schaute ein erschreckter Caleb auf.

»Ich befürchtete, dass Samson hungrig war«, sagte er.

An seinem Gesichtsausdruck konnte Libby erkennen, dass Caleb eine wütende Reaktion ihrerseits erwartete. Stattdessen hatte sie eine Frage. Als sie sie stellte, war ihre Stimme weich und demütig. »Caleb, kannst du mir beibringen, wie ich mich um meinen Hund kümmern muss?«

Doch noch während Libby fragte, gab sie sich selbst ein Versprechen. *Ich werde Caleb beweisen, dass ich nicht so hilflos bin, wie er denkt!*

Ein Tag mit Caleb

Als sich die *Christina* Saint Louis näherte, erinnerte sich Libby an das Versprechen, das sie sich selbst gegeben hatte. Irgendwie würde sie Caleb beweisen, dass sie kein nutzloses Mädchen der feinen Gesellschaft war.

Als Erstes werde ich mir Jeansstoff besorgen, entschied Libby. *Wenn Caleb mich in einem solchen Kleid sieht, wird er wissen, dass ich auf mich selbst aufpassen kann!*

Als die Stadt in Sichtweite kam, stand Libby an der Reling auf dem Sturmdeck. Am Flussufer war die Luft von Hupen und Glockensignalen erfüllt. Schwarzer Rauch stieg in Schwaden aus den langen Kaminen auf. Wohin Libby ihren Blick auch wandte: Überall schienen Dampfschiffe vorsichtig zum Uferdamm, der schrägen, mit Kopfstein gepflasterten Landestelle, zu manövrieren.

Als die Deckhelfer die Taue auswarfen, ging Libby eilig zur Anlegeplanke hinunter. Passagiere, die bereit waren, die *Christina* zu verlassen, drängten schon nach vorn.

»Ich möchte an Land gehen«, sagte Libby zu ihrem Vater. »Ich habe ein paar Dinge zu besorgen.«

»Du kannst an Land gehen«, antwortete er. »Aber ich kann dich leider nicht begleiten. Ich werde Caleb bitten, dich mitzunehmen.«

»Oh, Papa!«, jammerte Libby. Um nichts in der Welt wollte sie, dass Caleb von ihren Plänen erfuhr.

»In einigen Städten, bei denen wir haltmachen, kannst du alleine gehen«, antwortete ihr Vater. »Aber nicht in Saint Louis. Es ist eine sehr große Stadt, und ich will nicht, dass du dich verirrst.«

»Ich kann auf mich selbst aufpassen«, sagte Libby schnell.

Kapitän Norstad schüttelte den Kopf. »Ich bin mir auch nicht so sicher, ob dich deine Tante in Chicago herumlaufen ließ …«

Sie ließ mich nicht, dachte Libby. *Ich tat es einfach.* Nicht einmal sich selbst wollte Libby eingestehen, wie oft sie schon mit knapper Not großen Schwierigkeiten entronnen war.

Ihr Vater machte wieder ein ernstes Gesicht. »Libby, weißt du noch, wie du sagtest, dass du dir eine *Gib-nie-auf-Familie* wünschst? Eine solche Familie passt aufeinander auf.«

Libby schaute nach unten. *Auch wenn ich meinen Willen durchsetzen will?* Sie hatte nicht gewusst, dass so etwas auch dazugehörte.

»Okay«, sagte sie schließlich. Noch einmal schaute sie ihrem Vater in die Augen. »Ich werde mit Caleb gehen.« *Aber ich muss es ja nicht gerne tun*, sagte sie zu sich selbst.

Als Caleb in Richtung der Anlegeplanke ging, rief Kapitän Norstad ihn zu sich. Caleb eilte mit einem erwartungsvoll strahlenden Gesicht hinüber. Mit seinen blauen Baumwollhosen und der offenen Jacke sah er nicht mehr wie ein Schiffsjunge aus. Libby war sich sicher, dass er genauso darauf brannte, an Land zu gehen, wie sie.

Doch dann sagte Kapitän Norstad: »Libby möchte ein wenig einkaufen gehen. Ich will, dass du sie mitnimmst.«

Plötzlich verschwand das Leuchten aus Calebs Gesicht. »Muss sie jetzt gleich los?« Es war offensichtlich, dass Caleb diesen Auftrag nicht mochte.

»Jetzt gleich«, antwortete Libby schnell, bevor Kapitän Norstad es konnte.

Sie stolzierte an Caleb und ihrem Vater vorbei zur Anlegeplanke. *Wie kann mich mein eigener Vater nur so in Verlegenheit bringen? Dass ein Junge auf mich aufpassen muss, den ich nicht ausstehen kann!*

Als Libby den gepflasterten Uferdamm erreichte, blickte sie zurück. Caleb war direkt hinter ihr, und ihr Vater schaute ihnen im Stehen nach.

»Tschüss, Papa!«, rief Libby und winkte kurz. Doch als sie sich zu Caleb umdrehte, erstarb ihr das Lächeln auf den Lippen. Sie warf den Kopf zurück, und ihre langen Locken fielen ihr um die Schultern.

Auf dem ganzen Damm wimmelte es nur so von Pferdefuhrwerken. Wie fleißige Ameisen eilten Männer hin und her, welche die Dampfer be- und entluden. Einige der Männer trugen große Holzkisten auf ihren Schultern. Andere rollten Fässer zu einer Anlegeplanke. Zwischen all dieser Fracht gingen die Passagiere entweder an Land oder an Bord eines der wartenden Schiffe.

»Ich will alleine gehen!«, teilte Libby Caleb mit.

»Glaub mir«, antwortete er, »ich mag das genauso wenig wie du. Ich dachte, ich hätte einen Tag, an dem du mir nicht dauernd hinterherläufst!«

Libby blickte zurück. Sie waren nicht mehr in Hörweite ihres Vaters. »Warum zeigst du mir nicht einfach, wo die Läden sind? Ich werde selbst zurückfinden!«

Aber Caleb schüttelte den Kopf. »Das kann ich nicht tun!«

»Nicht? Wer denkst du eigentlich, dass du bist? Du bist nicht mein Chef!«

Caleb seufzte. »Ich fürchte, dass ich das bin. Ich wünschte, ich wäre es nicht.«

»Du kannst mich beim ersten Laden allein lassen«, sagte Libby.

»Nein, das kann ich wirklich nicht«, entgegnete Caleb.

»Doch, du kannst.« Libby schlug einen möglichst herrischen Tonfall an. »Ich befehle es dir.«

»Ich werde meinen Job verlieren, wenn ich dich verlasse«, sagte Caleb.

Libby starrte ihn an. Das ließ die Sache in einem ganz anderen Licht erscheinen. Von dem her zu schließen, was Oma sagte, brauchten sie und Caleb Arbeit. So sehr Libby den Jungen auch verachtete – so unfair konnte sie nicht sein.

Libby seufzte. »Ich vermute, das bedeutet, dass wir einander gegenseitig am Hals haben.«

»Wohl oder übel.« Ein schiefes Lächeln huschte über Calebs Gesicht.

»Vor allem übel!« Dass Caleb einen Witz daraus machte, regte Libby nur noch mehr auf. »Ich wollte von Geschäft zu Geschäft schlendern und mir Zeit nehmen, alles zu betrachten.«

»Ich werde nicht den ganzen Tag damit verbringen, Mädchenzeug einzukaufen«, warnte Caleb sie. »Wohin auch immer ich dich mitnehme, du solltest dich lieber beeilen!«

Er machte sich mit so schnellen Schritten auf den Weg, dass Libby Mühe hatte, ihm über die Pflastersteine zu folgen. Erst als sie mit einem Mann zusammenstieß, der ein Fass trug, hielt Caleb an.

»Was willst du einkaufen?«, fragte er, als sie wieder weitergingen.

Libby wollte es ihm nicht verraten. »Bring mich einfach zu einem guten Laden«, sagte sie. »Ich werde den Rest schon finden.«

Vor ihnen befanden sich Reihen von vier- und fünfstöckigen Backsteinläden, die sogar Libby beeindruckten. Aber Caleb führte sie daran vorbei zu einem Geschäft, das Pioniere für ihre Reise in den Westen ausrüstete. Zu Libbys großer Erleichterung blieb Caleb draußen, als sie hineinging.

Im vorderen Bereich waren große offene Fässer mit Äpfeln gefüllt. An der Wand befanden sich Behälter mit Zucker und Mehl. Eine andere Abteilung bot Platz für Rechen, Schaufeln und große Spitzhacken. Daneben waren Stiefel und Schuhe für die ganze Familie.

Im Nu fand Libby den gewünschten Jeansstoff sowie Faden, Nadeln und eine Schere. Als sie wieder nach draußen ging, waren ihre Einkäufe in braunes Papier gewickelt, sodass Caleb sie nicht sehen konnte.

Libby fand ihn gegen die Fassade des Ladens gelehnt. Nicht weit davon entfernt unterhielten sich zwei Männer miteinander. Caleb wandte den Männern den Rücken zu, doch etwas an Calebs Haltung machte Libby neugierig.

Still wie eine Statue blieb sie neben der Tür stehen. Caleb lauschte, ganz zweifellos. Aber wieso?

Plötzlich schaute er auf und bemerkte Libby. Ohne ein Geräusch von sich zu geben, bewegte Caleb die Lippen, wie um »Pssst!« zu sagen.

Obwohl ihre Neugier mit jedem Augenblick zunahm, wartete Libby. Die Sonne wärmte zwar ihr Gesicht, doch der Wind fühlte sich kälter an als am Vortag. Sogar in ihrem wärmsten Mantel fröstelte Libby.

Von dort aus, wo sie stand, konnte Libby keinen einzigen Satz verstehen. Aber Caleb war gerade nah genug an den Männern. Er schien jedes Wort in sich hineinzusaugen.

Einer der Männer trug einen Anzug der neuesten Mode, wie Libby sofort bemerkte. Er hatte sogar einen modischen Spazierstock. Dagegen trug der andere Mann zerlumpte Kleider.

Kein Wunder, dass Caleb neugierig war! Libby war es auch. Beide Männer waren leicht von ihr abgewandt, sodass sie ihre Gesichter nicht sehen konnte. Doch was sie sah, das prägte Libby sich ein. Wenn sie zur *Christina* zurückkehrte, würde sie zeichnen …

In diesem Augenblick zog der Mann mit dem Stock Geld aus seiner Tasche. Schnell überreichte er es dem anderen Mann. Einen Augenblick später trennten sie sich.

»Worum ging es da?«, fragte Libby Caleb, als die zwei Männer in ausreichender Entfernung waren.

Als ob er nicht mehr wüsste als sie, zuckte er mit den Schultern. Aber Libby war sich sicher, dass er etwas gehört hatte – etwas, was ihn interessierte.

Als er sich weigerte, es zu erklären, wurde Libby nur noch neugieriger. *Ich werde ein Bild von ihnen zeichnen*, sagte sie nochmals zu sich selbst. *Wenn ich zur »Christina« zurückkomme, werde ich beide Männer zeichnen, damit ich sie nicht vergesse.*

Da fiel ihr noch etwas ein. Sie hatte fast kein Zeichenpapier mehr, und sie brauchte mehr Bleistifte.

»Warte kurz«, sagte Libby zu Caleb und eilte in den Laden zurück.

Als sie ein zweites Mal herauskam, hatte sie die gewünschten großen Blätter, zusammen mit kleineren Papierbögen, die sie in eine Tasche stecken konnte. Sie hatte auch Federn und Tinte gefunden und – zu ihrer großen Freude – in New York angefertigte Bleistifte.

Caleb streckte die Hand aus und bot Libby an, ihre Zeichenausrüstung zu tragen. »Vorsicht«, warnte Libby. »Es ist eine Flasche Tinte dabei.«

»Bist du jetzt fertig mit Einkaufen?«, fragte er in hoffnungsvollem Ton. »Ich bringe dich zur *Christina* zurück.«

»Muss ich zurückgehen?«, fragte Libby. Sogar im entlegenen Chicago hatte sie von Saint Louis gehört. Schon immer hatte sie sich gewünscht, es zu sehen – die Straßen, die Leute, die bedeckten Wagen, die auf der Durchreise in die neuen Territorien waren.

»Ja, du musst zurückgehen«, sagte Caleb, und Libby wusste, dass er seine Meinung nicht ändern würde.

»Ich werde mich nur umschauen«, sagte sie. »Ich werde auf den Straßen in der Nähe des Uferdamms bleiben –«

»Nee.«

»Ich kenne den Rückweg.« Wieder fühlte sich Libby verlegen – hin- und hergerissen zwischen dem Verlangen, die Stadt zu sehen, und dem Wissen, dass Caleb sie nicht bei sich haben wollte.

»Ich werde alleine zurückfinden.«

»Nie im Leben«, erwiderte Caleb. Er schlug den Weg zum Fluss ein.

Wie ein in ihr entfachtes Feuer flammte Libbys Enttäuschung auf. »Ich muss nicht tun, was du mir sagst! Ich bin nicht deine Sklavin!«

Während Libby sprach, schritt ein Mann an ihnen vorbei. Er trug einen dreiteiligen Anzug und einen hohen Hut und hatte sich nur einen Mantel über den Arm gehängt. Neben ihm eilte ein kleiner schwarzer Junge, der pro Schritt des Mannes jeweils zwei Schritte machte. Obwohl er halb so groß war wie der Mann, trug der Junge eine Tasche und zwei Koffer.

»Du weißt gar nicht, was es bedeutet, ein Sklave zu sein«, antwortete Caleb ruhig. Er neigte den Kopf zu dem jungen Schwarzen mit den zwei Koffern hinüber.

»Das habe ich gemeint.« Libby dachte an ihr Gespräch auf dem Dampfschiff zurück. »Siehst du, wie der Mann sich um den Jungen kümmert? Wie gut gekleidet er ist? Es geht ihm besser bei seinem Herrn.«

»Glaubst du?« Calebs Stimme war gefährlich leise, doch seine Augen funkelten. »Wieso weißt du eigentlich nicht, was geschieht? Du glaubst, dass eine gute Behandlung das *Besessen-werden* wettmacht?«

»Besessen werden?« Libby fühlte sich nicht mehr so selbstsicher.

»Gekauft. Verkauft.« Caleb stieß die Worte wütend hervor. »Wie ein Pferd oder eine Kuh. Wie irgendein Gegenstand, der einem gehört.«

Libby schreckte zurück, durch Calebs Wut verängstigt.

Er griff nach ihrer Hand. »Du magst zwar aus einer Villa in Chicago kommen, aber ich habe deine blöden Vorstellungen satt. Ich werde dir mal etwas zeigen.«

»Was denn?«, fragte Libby. »Du solltest lieber auf mich aufpassen, sonst freut sich Papa nicht.«

»Ich werde sehr wohl auf dich aufpassen!« Caleb zog sie mit. »Ich werde dich an einen Ort bringen, den du schon lange einmal hättest sehen sollen!«

Eine seltsame Botschaft

Mit schnellen, ärgerlichen Schritten entfernte sich Caleb vom Fluss. Libby eilte ihm nach und versuchte, mit ihm Schritt zu halten. Aber Calebs große Schritte zwangen sie zu rennen.

Auf der Straße, auf der sie gingen, waren wieder viele schwer beladene Pferdegespanne unterwegs. Caleb flitzte zwischen ihnen hindurch, der Gefahr scheinbar nicht bewusst. Bei einem Gebäude mit großen Säulen hielt er endlich an.

»Wo sind wir?«, keuchte Libby.

»Vor dem Gerichtsgebäude für den Bezirk Saint Louis«, antwortete Caleb kurz, immer noch mit wütender Stimme.

Breite Stufen führten zu riesigen Holztüren hinauf. Während immer mehr Leute herbeiströmten, wanderte Libbys Blick zum oberen Treppenabsatz.

Dort stand ein Mann, der einen langen, teuren Mantel zum Schutz gegen den scharfen Wind trug. Während er seinen Blick über die Leute schweifen ließ, wirkte er stolz, als ob ihm die Größe der Menschenmenge Vergnügen bereitete.

Vor der Treppe war ein anderer weißer Mann, der wie ein Wächter neben einem großen, kräftig aussehenden schwarzen Jungen stand. Der Junge wartete mit gesenktem Kopf und schien den Boden anzustarren.

Libby wandte sich an Caleb. »Wo hast du mich hingebracht?«

Caleb schaute ihr in die Augen. »Zu einer Sklavenauktion.«

»Zu einer Sklavenversteigerung? Das wird Papa gar nicht gefallen.«

»Wirst du es ihm erzählen?«, fragte Caleb, und Libby wusste, dass er sie herausforderte.

Sekunden später schaute Caleb weg, als habe er sie vergessen. Stattdessen schien er den großen schwarzen Jungen zu beobachten.

Sogar aus dieser Entfernung konnte Libby sagen, dass sein kurzärmliges Hemd und seine Baumwollhose neu waren. *Es ist genauso, wie ich sagte. Er ist sehr gut versorgt.*

Da sie ihre Auseinandersetzung weiterführen wollte, stellte sich Libby Caleb gegenüber. »Siehst du seine Kleider?«

Ihre Worte machten Caleb nur noch wütender. »Sie haben ihn für den Verkauf zurechtgemacht!«, flüsterte er ihr ins Ohr. »Haben ihm neue Kleider gegeben, um einen besseren Preis zu erzielen!«

Wieder ergriff Caleb ihre Hand. Als er Libby durch die Menschenmenge zog, hatte sie keine andere Wahl, als ihm zu folgen. Schließlich kam Caleb nicht mehr weiter nach vorn, da zu viele Männer auf den Beginn der Versteigerung warteten. Doch von dem Ort aus, wo Caleb anhielt, hörte Libby, wie der Wächter mit dem jungen Sklaven sprach.

»Du wirst Jordan genannt, Junge? Du bist zu hochnäsig für meinen Geschmack! Vergiss keine einzige Minute, wer du bist! Du bist *Besitz*!«

Der Wächter stieß den Jungen nach vorn. »Hörst du mich? Behalte deine Augen auf den Füßen, sonst denken sie, du rennst bei der ersten Gelegenheit davon!«

Jordan bewegte sich langsam die Treppe hinauf – so, als fürchte er das, was ihm bevorstand. Libby stellte sich auf die Zehenspitzen. Sie war hin- und hergerissen – einerseits wollte sie zusehen, andererseits nicht.

Trotz seines kräftigen Aussehens schien Jordan beim Gehen Probleme zu haben. Nacheinander schwang er seine Füße mit einer unbeholfenen Bewegung nach außen. Auf halbem Weg die Treppe hinauf stolperte er.

Der Mann im langen Mantel rief zu ihm hinunter. »Na los, Junge, mach schon! Komm hier rauf!«

Augenblicke später erreichte Jordan den Treppenabsatz. Erst dann sah Libby, dass er barfuß war, auch an diesem kalten Tag. Sie bemerkte auch, wieso der Junge seine Füße nach außen schwang und stolperte.

Sein rechter Knöchel war von einem schweren Stahlband umfasst. Ein weiteres Band umgab seinen linken Knöchel. Zwischen den Fußschellen erstreckte sich eine Kette.

Libby sog hörbar die Luft ein. Caleb drehte sich nach ihr um und schaute sie warnend an. Schnell bedeckte Libby ihren Mund und versuchte, ihr Entsetzen zu verbergen. Doch als sie wieder hinschaute, war die Kette immer noch da. Die Fußschellen befanden sich immer noch am selben Ort. Libby konnte sie nicht wegwünschen.

Sobald der Mann auf der Treppe den Arm hob, wurde die Menge still. Es brauchte Libby niemand mehr zu erklären, was hier geschah. Der gut gekleidete Mann war der Auktionator.

»Wir haben hier einen Jungen, den ihr alle besitzen wollt«, begann er.

Der junge Sklave stand gerade und selbstbewusst mit zurückgezogenen Schultern da. Doch sein Gesicht war ausdruckslos. Mit gebeugtem Kopf starrte er hinunter auf die Treppe.

Während alle Augen der Schaulustigen auf ihn gerichtet waren, schien der Versteigerer die Aufmerksamkeit, die er bekam, zu genießen. »Dreh dich um, Junge!«, befahl er.

Junge?, fragte sich Libby. *Oder junger Mann?* Zuerst hatte sie gedacht, Jordan sei fünfzehn oder sechzehn – vielleicht ein, zwei Jahre älter als Caleb. Nun war sie sich nicht mehr sicher.

Als Jordan sich umdrehte, rasselte die Kette an seinen Fußschellen. Wieder mit dem Gesicht nach vorn, starrte er an der Menschenmenge vorbei, als sähe er die Leute nicht.

Während sie ihn beobachtete, fühlte sich Libby seltsam bewegt. *Er ist fürstlich.* Der Gedanke überraschte sie. Wie konnte ein junger Schwarzer wie ein König erscheinen?

Plötzlich spürte Libby einen Kloß im Hals. Sie schaute weg, da sie nicht zusehen wollte, wie jemand verkauft wurde, der ungefähr in ihrem Alter war.

Calebs leise, ärgerliche Stimme erklang neben ihrem Ohr. »Du schaust lieber hin. Dann weißt du endlich, wovon du sprichst!«

»Echtes Eigentum ist dieser da!« Die Stimme des

Auktionators schrie eine Warnung, als ob er den Sklaven an seine Stellung erinnern wollte.

Sofort neigte der junge Mann den Kopf. Wieder starrte er die Treppe an.

»Kann die Arbeit eines Mannes verrichten, das sag ich Ihnen. Geben Sie diesem Jungen die schwerste Arbeit, die Sie haben, und er wird sie tun.«

Die Menge lachte.

»Hier, dieser Junge wird die Arbeit eines Mannes verrichten und den Tag eines Mannes arbeiten. Aber Sie müssen ihm nicht so viel zu essen geben wie einem Mann. Zeig ihnen deine Muskeln, Junge!«

Der Auktionator kniff Jordan in den Arm. »Hörst du mich? Zeig ihnen deine Kraft!«

Als ob ihm der Befehl missfiel, hob der junge Schwarze langsam den Arm. Als er den Muskel anspannte, brüllte die Menge ihre Anerkennung. Doch Jordans Gesicht blieb ohne Ausdruck.

»Überdies ein guter gesunder Sklave.« Mit einer kurzen Bewegung steckte der Auktionator den Finger in den Mund des Jungen. Während er mit seinem Finger hinter Jordans Lippen entlangfuhr, fragte er: »Sehen Sie die Zähne?«

Jordan schluckte schwer. Für eine Sekunde streifte sein verärgerter Blick den Versteigerer. Dann wurde Jordans Gesicht wieder ausdruckslos.

Plötzliche Übelkeit kam in Libby hoch. Allein schon beim Anblick des Auktionators musste sie beinahe würgen und sich übergeben.

»Was wird mir geboten für dieses gute Stück?«, sang er laut.

Libby schnappte nach Luft. Was hier geschah, erfüllte sie mit Entsetzen. Aber Caleb flüsterte ihr ins Ohr: »Pssst!«

Stattdessen durchströmte Libby ein überwältigender Schmerz. Tränen traten ihr in die Augen, und ihre Sicht verschwamm. Sie wandte sich ab und neigte den Kopf, unfähig zuzusehen.

Diesmal berührte Caleb warnend ihren Arm. »Mach hier keine Szene!« Sein Flüstern klang nun etwas freundlicher.

Libby schloss die Augen, um nicht hinsehen zu müssen. Aber sie konnte die Geräusche des Bietens nicht ausblenden.

»Fünfhundert!«

»Sechshundert!«

Ganz aus der Nähe rief ein Mann: »Achthundert!«

Durch den Zweihundert-Dollar-Anstieg überrascht, öffnete Libby die Augen. Der Mann vor ihr führte das Bieten. Sein Rücken war ihr zugewandt, doch er schien ihr vertraut.

»Eintausend!«, rief ein anderer Mann, und ein Raunen ging durch die Menge.

Ein weißhaariger, vornehmer Mann hatte dieses Gebot gemacht. Auf einmal hoffte Libby, dass Jordan an ihn gehen würde. *Vielleicht wäre er netter*, sagte sich Libby und fragte sich dann, woher ihr dieser Gedanke gekommen war.

»Zwölfhundert!«, schrie der Mann vor Libby.

Gold überzog den Griff seines Stocks, und Libby war sich sicher, dass er nicht zum Gehen gebraucht wurde. Der Mann war von kleinem Wuchs und schlank um die Taille und trug einen Anzug aus fein gewobenem, teuer aussehendem Stoff. Doch da war etwas an seinem Rücken …

»Oh nein!«, murmelte Caleb, als ob er Libbys Gedanken gehört hätte. »Der alte Riggs!« Allein schon der Name schien Caleb einen Schrecken einzujagen.

»Wer ist Riggs?«, fragte Libby.

»Ein Sklavenhändler. Er macht viel Geld, indem er Sklaven kauft und anderen Leuten weiterverkauft.«

Während Caleb sprach, drehte sich der Mann so weit um, dass Libby die Seite seines Gesichts sehen konnte. Plötzlich wusste sie, wer er war – der Mann, den sie vor dem Laden beobachtet hatte.

Für einen Augenblick schaute er sich um. Als Libby in die kalten blauen Augen sah, hatte sie keinen Zweifel darüber, dass Riggs der grausamste Mann war, den sie je gesehen hatte.

»Dreizehnhundert!«, rief der weißhaarige Herr.

»Tausendfünfhundert!«, antwortete Riggs.

Ein kurzes Raunen ging durch die Reihen. Alle wussten, dass fünfzehnhundert Dollar viel Geld war.

»Höchstpreis für jemanden in Jordans Alter«, flüsterte Caleb.

Der Auktionator blickte in Richtung des weißhaarigen Herrn. Mit einem Kopfschütteln zog er sich vom Bieten zurück.

»Fünfzehnhundert zum Ersten.« Der Auktionator hielt inne. »Fünfzehnhundert zum Zweiten.« Wieder hielt er inne. »Verkauft für eintausendfünfhundert Dollar!«

Erneut ging ein Murmeln durch die Reihen. Jordan war zu einem ungewöhnlichen Besitzstück geworden.

Als der Sklave die ersten Stufen herunterkam, drängte sich Caleb vorwärts. Aber Libby stand da wie versteinert, immer noch bestürzt wegen allem, was sie gesehen hatte.

»Beeil dich!«, trieb Caleb sie an, und schließlich erwachte Libby zum Leben.

Mit schnellen Bewegungen bahnte sich Caleb einen Weg um die restlichen Zuschauer. Als er die Stufen des Gerichtsgebäudes erreichte, wurde er langsamer. Erneut sah er so aus, als habe er nichts Wichtiges vor.

Die Änderung in Calebs Verhalten machte Libby neugierig. Was plante dieser seltsame Junge? Was auch immer es war: Caleb würde es ihr nicht erklären. Sie musste es selbst herausfinden.

Als Jordan und sein Bewacher am Fuß der Treppe ankamen, war Caleb ganz in ihrer Nähe.

Jordans neuer Besitzer, Riggs, befand sich noch näher. »Hierher, Junge!« Sogar seine Stimme klang gemein.

Als der Sklave und sein Besitzer nebeneinanderstanden, blieb Libby vor Überraschung ruckartig stehen. Jordan war mehr als einen Kopf größer als Riggs.

Falls er den Größenunterschied bemerkte, zeigte es Jordan nicht. Er vergaß sich auch nicht für einen einzigen Augenblick, um aufzuschauen. Stattdessen starrte er unentwegt seine nackten Füße an.

Riggs schaute Jordan von oben bis unten prüfend an, dann knurrte er eine Warnung. »Kein Sklave ist mir je entkommen – lebend!«

Auf Jordans Wange zuckte ein Muskel. Kein anderes Zeichen verriet, dass der junge Sklave die Drohung des Sklavenhändlers gehört hatte.

Einen weiteren Augenblick lang musterte Riggs ihn. Dann, als habe er sich vergewissert, dass Jordan ihn verstand, wandte sich der Sklavenhändler ab. Riggs ließ Jordan unter der Obhut des Wächters und ging hinüber, um seinen neuen Sklaven zu bezahlen.

Nun schob sich Caleb näher an Jordan heran und behielt dabei den Rücken des Sklavenhändlers im Blick. Libby folgte ihm. Als Caleb neben dem jungen Schwarzen stand, war Libby direkt hinter ihm. Von ihrem Standpunkt aus konnte sie beide gut beobachten.

Seltsamerweise schaute Caleb so sorgenfrei drein, als sei er auf einem Sonntagsspaziergang. Mit den Händen in seinen Jackentaschen schien er die Leute zu beobachten, welche die Treppe des Gerichtsgebäudes hinauf- und hinuntergingen. Doch als jemand Jordans Wächter ansprach, lehnte sich Caleb nahe zu Jordan.

»Alton«, flüsterte er in Jordans Ohr. »Morgen Abend. Die *Christina.*«

Als ob kein Wort zwischen ihnen gefallen wäre, sah Jordan Caleb nicht an. Nur ein leichtes Kopfnicken zeigte Libby, dass er es gehört hatte.

Wieder schob sich Caleb vorwärts. Diesmal blieb er schräg vor Jordan stehen. Schnell bewegte sich Calebs Fuß in der Erde, sodass Buchstaben deutlich wurden – C-H-R-I-S…

In diesem Augenblick drehte sich Riggs um. Als er langsam auf Jordan zuging, schaute Caleb nicht nach unten. Stattdessen bewegte er seine Füße gerade so stark hin und her, um die Buchstaben auszuwischen.

Als Riggs Jordan erreichte, war Caleb in der Menge verschwunden. Libby folgte nicht weit hinter ihm.

Erst als sie einen Block vom Gerichtsgebäude entfernt waren, verlangsamte Caleb sein Tempo genug, sodass sie sprechen konnte.

»Was sollte das alles?«, fragte sie.

Doch Caleb sagte ihr nur: »Wenn du es je wissen musst, wirst du es herausfinden.«

Die Lockziege

Den ganzen Weg zurück zum Fluss versuchte Libby, Caleb zu verstehen. Einen Augenblick lang dachte sie, dass es ganz nett wäre, ihn näher kennenzulernen. Im nächsten Augenblick konnte sie ihn nicht ausstehen. Doch was auch immer sie von Caleb dachte: Es schien ihm egal zu sein. Libby war sich sicher, dass es ihn freuen würde, wenn er sie nie mehr sehen würde.

Als sie die *Christina* erreichten, waren zwei stabile Bretter neben die übliche Planke gelegt worden, um die Anlegeplanke in eine Rampe zu verbreitern. Entlang den Seiten der Rampe befanden sich zaunähnliche Bretter, die als Schutzgeländer angebracht worden waren.

Es gibt mehrere Bretter, die als Anlegeplanken benutzt werden? Libby dachte zurück und erinnerte sich an die Bluthunde, welche in Burlington an der Anlegeplanke geschnüffelt hatten. Die Hunde hatten sich abgewandt, als ob sie keine Fährte gefunden hätten. Hatte Caleb eine andere Anlegeplanke verwendet?

Am Ufer in der Nähe der *Christina* irrten mehrere Ziegen umher, scheinbar verwirrt. Als zwei Männer sie jagten, versteckten sich die Ziegen hinter Fässern und Kisten.

Direkt vor der Rampe befand sich eine große männliche Ziege. Ein hochgewachsener, korpulenter Mann stand neben dem Ziegenbock und versuchte, ihn an Bord zu bekommen.

Da sie nicht im Weg sein wollte, trat Libby beiseite und wartete. Während sie zuschaute, zerrte der Mann am Seil, das die Ziege um den Hals trug. Doch der Ziegenbock weigerte sich, die Rampe hinaufzugehen.

»Wenn er nur die Lockziege hineinbringen könnte, hätte er es geschafft«, sagte Caleb.

»Die Lockziege?«, fragte Libby. »Was meinst du damit?«

»Diese männliche Ziege ist das Leittier. Sie wird ›Lockziege‹ oder auch ›Judas-Ziege‹ genannt. Wo immer sie hingeht, wird der Rest ihr nachgehen – sogar wenn es ein Schlachthaus ist.«

Scheinbar unter Anspannung jeder einzelnen Muskelfaser schob, zog und stieß der Mann die Lockziege. Kampfbereit rammte das Leittier seine vier Hufe in den Boden und weigerte sich standhaft, sich vom Fleck zu rühren.

Schließlich bewegte sich der Mann zum Kopf der Lockziege. Er packte eines der langen, geschwungenen Hörner und zerrte daran. Als der Ziegenbock den Kopf hin- und herwarf, schwang er den Mann auch mit.

Mit einem angewiderten Kopfschütteln gab der Mann auf. Er drehte sich um und rief einem Deckhelfer die Rampe hinauf zu: »Hey! Komm mal her und hilf mir!«

Da senkte das Leittier den Kopf und stieß mit den Hörnern gegen den Rücken des Mannes. Als der Mann der Länge nach hinfiel, sprang es um ihn herum und rannte die Rampe hinauf. Libby stürmte dem Ziegenbock nach, Caleb folgte ihr dicht auf den Fersen.

»Halten Sie ihn!«, rief Libby dem ersten Deckhelfer zu, den sie zu Gesicht bekam. Als der Mann auf die Ziege zusteuerte, sprang sie auf das Geländer. Der

Deckhelfer versuchte sie zu packen, doch die Lockziege tänzelte auf dem Geländer weiter und sprang dann herunter. Im Zickzack flitzte sie über das Deck. Ein Mann versuchte, das Tier zu überwältigen. Ein anderer landete direkt hinter seinen spitzen Hufen.

Bei der Treppe angekommen, sprang der Ziegenbock hoch, indem er drei oder vier Stufen auf einmal nahm. Als habe er einen Berggipfel gefunden, hielt er auf dem zweiten Deck an. Genau in diesem Augenblick bog ein Kellner um die Ecke, der ein großes Tablett trug.

Der Ziegenbock senkte den Kopf. Aus dem Stand rannte er direkt auf den Mann zu. Nur eine Haaresbreite vom Kellner entfernt, warf sich der Bock zur Seite und streifte das Knie des Mannes.

Einen Augenblick lang wackelte das Tablett. Als der Kellner hinfiel, wurde seine weiße Jacke von Esswaren bespritzt. Schüsseln krachten auf den Boden. Zerbrochenes Porzellan flog in alle Richtungen.

Um nicht auszurutschen, machte Libby einen großen Bogen um das zerschlagene Geschirr. Durch die offene Tür floh die Lockziege in die Hauptkajüte, Libby und Caleb rannten ihr nach. Nun folgten auch die anderen Ziegen. Hinter ihnen rannten drei oder vier Männer, die alle versuchten, eine Ziege zu fangen.

Die Lockziege steuerte auf das nächstliegende weiße Tischtuch zu. Als sie unter dem Tisch verschwand, verfing sich der Stoff in ihren Hörnern. Gläser und Geschirr landeten klirrend auf dem Boden.

Unter dem Tisch scharrte der Ziegenbock mit den Hufen und kam danach auf der anderen Seite hervor.

Die nächste Ziege bekam das Tuch auf den Rücken, doch Libby eilte dem Leittier nach.

Es stürmte zum gegenüberliegenden Ende der Kajüte. Mehr als einmal gelangte Libby in seine Nähe. Jedes Mal änderte der Ziegenbock die Richtung und sprang außer Reichweite.

Als er noch einen weiteren Tisch umkreiste, sah Libby ihre Chance gekommen. Mit einem gewaltigen Satz landete sie auf dem Rücken der Ziege. Indem sie ihre Hörner packte, hielt sie sich fest. Aber der Ziegenbock rannte weiter und zog sie mit.

»Libby!«, schrie Caleb. »Lass los!«

Libby ignorierte ihn. Auf halbem Weg durch die Kajüte steuerte der Ziegenbock auf einen langen Samtvorhang zu. Er rannte direkt auf die Wand zu. In letzter Sekunde drehte er sich gerade so sehr, um Libby von seinem Rücken zu stoßen.

Als sie auf dem Boden landete, hörte sie ein lautes Reißen. Der Vorhang fiel um sie herum auf den Boden.

Nachdem sie sich herausgekämpft hatte, sah sie, wie das Leittier noch einmal zum anderen Ende der Kajüte rannte.

Oh, nein!, dachte Libby. Verzweifelt rappelte sie sich hoch. Dicht von Caleb gefolgt, stürzte sie wieder hinter dem Ziegenbock her.

Als er einen weiteren Tisch umwarf, bekam Libby ihn beinahe zu fassen. Diesmal rannte das Leittier direkt auf den Spiegel am Ende der Kajüte zu, der vom Boden bis an die Decke reichte. Vor dem Glas kam der Ziegenbock schlitternd zum Halten. Den Blick auf den Spiegel gerichtet, sah er sein Spiegelbild.

Die Lockziege stampfte mit dem Fuß. Die Ziege im Spiegel stampfte mit dem ihren.

Wieder stampfte die Lockziege mit dem Fuß auf. »Niemand kommt in mein Territorium!«, schien sie zu sagen. Wieder stampfte der Ziegenbock im Spiegel zurück.

Von Panik erfüllt raste Libby auf das Leittier zu. Die Ziege senkte den Kopf.

»Libby!«, schrie Caleb, doch sie hörte nicht auf ihn.

Als Libby nach den Hörnern griff, fiel etwas über ihren Kopf. Im nächsten Augenblick hörte sie einen heftigen, dumpfen Schlag, danach das Geräusch von zersplitterndem Glas. Wie eine Statue fror Libby ein. Sie wusste, dass sie sich nicht bewegen durfte.

Als Libby den Stoff von ihrem Kopf zog, sah sie, dass es Calebs Jacke war. Scheinbar durch das Geschehene benommen, stand der Ziegenbock vor der Wand und schüttelte den Kopf. Glassplitter lagen auf seinem Rücken und auf dem Boden um ihn herum.

Libby drehte sich um und sah Caleb direkt hinter sich. »Du hast mich aufgehalten!«, sprudelte es aus ihr heraus. »Ich hätte ihn fangen können!«

»Und, könntest du es jetzt?«, fragte Caleb.

Libby fand seine Frage lustig. Der große Deckhelfer, der die Ziege an Bord bringen wollte, war nicht mit dem Tier zurechtgekommen. Wieso dachte sie, sie könnte es schaffen?

Libby schaute sich in der Kajüte um und bemerkte das Chaos. Umgekippte Tische. Geschirr auf dem Boden verstreut. Samtgardinen von den Stangen gerissen. Auf einmal krümmte sich Libby vor Lachen.

Caleb stimmte in ihr Lachen ein. »Das ist *echt* lustig!«, stieß er hervor, als er wieder sprechen konnte.

Als sich ihre Blicke trafen, verschwand aller Ärger, der zwischen ihnen gewesen war. Zum ersten Mal sah Libby Caleb als das, was er wirklich war – ein Junge beinahe im selben Alter wie sie, ein Junge, mit dem man klarkommen und sich verstehen konnte.

Dann schaute Libby nach unten. In einer Hand hielt sie immer noch Calebs Jacke. Erst jetzt bemerkte sie die Glassplitter, die sich im Stoff verfangen hatten.

Mit der anderen Hand fasste sie sich ans Gesicht. Sorgfältig betastete sie sich Wangen, Kinn, Stirn und Augen. Allein der Gedanke daran, was hätte passieren können, erschreckte sie. Aber sie fand keine Schnittwunden.

»Du hast es gewusst, nicht wahr?« Libbys Stimme war weich vor Verwunderung.

»Jepp«, antwortete Caleb. »Ich hab's gewusst.«

»Ich hätte ein Leben lang Narben davontragen können. Wie konntest du nur so schnell denken?« Caleb zuckte die Achseln, als habe er nichts Besonderes getan.

Dann grinste er. »Denk einfach daran, wenn du meinst, du kannst mich fertigmachen!«

Plötzlich fühlte sich Libby von all den Ereignissen überwältigt. Sie mochte Caleb nicht mehr antworten und wollte nur noch weglaufen.

Als Libby das Texasdeck erreichte, stand Samson von seinem Platz neben der Tür auf. Sein unerwarteter Empfang erwärmte ihr das Herz.

Libby schaute sich um. Niemand war zu sehen.

Unsicher, was sie tun sollte, streckte Libby ihre Hand aus. Als sie Samsons Kopf streichelte, stand er still, als gefalle ihm Libbys sanfte Berührung.

Wieder schaute sie sich um. Diesmal streichelte sie Samsons Rücken. Wie Caleb gesagt hatte, war das Fell des Hundes glänzend und sauber. Wo auch immer Libby sein gewelltes Fell streichelte, fiel es wieder in seine ursprüngliche Stellung zurück.

Als sie sich abwandte, hatte sich etwas in ihr verändert. Tief im Innern war Libby froh, dass Samson da war.

In ihrer Kajüte angekommen, schloss Libby die Tür. Doch die Geschehnisse konnte sie damit nicht vor der Tür lassen – die Lockziege und ihr eigenes knappes Entkommen beim Spiegel, aber noch vieles mehr.

Hier, wo niemand es sehen konnte, begann Libby zu zittern. Als sei ihr eiskalt, zitterte sie am ganzen Körper. Caleb hatte vorgehabt, sie zu schockieren, als er sie zur Versteigerung mitgenommen hatte. Das war ihm zweifellos gelungen!

Wie Zeichnungen, die sie selbst gemacht hatte, marschierten Bilder vor Libbys geistigem Auge. Der Versteigerer, der einen Menschen verkaufte. Der böse aussehende Mann, der Jordan gekauft hatte. Und dann Jordan selbst.

So sehr sie ihn vergessen wollte, Libby konnte es nicht. Jedes Mal, wenn sie an Jordan dachte, kehrte dieser eine Gedanke zurück: *fürstliche Würde*. Aber Würde hatte mit Königen zu tun, mit Männern, die eine Nation regierten. Wie konnte jemand, der ein Sklave war, sie an einen König erinnern?

Libby nahm Papier, Stifte und Tinte hervor und begann zu zeichnen. Sie hatte vorgehabt, den Sklavenhändler zu skizzieren. Stattdessen zeichnete sie Jordans gerade Schultern, seinen stolzen Kopf und die dunklen Augen, die sich vergaßen und für einen Augenblick über die Menschenmenge blickten.

Nach all den unbehaglichen Erlebnissen des Tages fand Libby Trost darin, zu sehen, wie ein Bild Gestalt annahm. Als sie fertig war, wusste sie, weshalb Jordan sie an Würde erinnerte. Es war nicht nur seine Haltung beim Stehen. Obwohl er ein Sklave war, hatte Jordan ein Ziel im Leben.

Das überraschte Libby. *Wie kann ich so etwas von einem Menschen annehmen, den ich nie kennengelernt habe? Es ist nur meine Fantasie!*

Doch der Gedanke wollte Libby nicht mehr aus dem Kopf. Sie versuchte, an andere Menschen zu denken, die ein Lebensziel hatten. Einer von ihnen war Papa. Schon als ganz kleines Kind hatte Libby gewusst, dass er auf eine Weise Geschäfte machen wollte, die sich mit seinen Überzeugungen in Bezug auf Gott vereinbaren ließ.

»Ich könnte Abkürzungen nehmen«, hörte Libby ihn sagen, »aber es wäre nicht recht.«

»Du kannst nur tun, was ehrlich ist«, antwortete Mama. »So bist du. Du lebst in Übereinstimmung mit deinem Glauben.«

Papa nickte. »Wenn ich das nicht täte, könnte ich nicht mit mir selbst leben.«

»Wir werden den Winter auch so überstehen«, sagte Libbys Mutter ihm. »Das tun wir immer.«

In jüngeren Jahren hatte Libby noch nicht verstanden, was ihre Eltern meinten. Doch ihre Worte hatten sich ihr tief eingeprägt – so tief, dass sie sie nie mehr vergessen hatte.

Nun versuchte sie sich daran zu erinnern, ob es einen Winter der Entbehrung, eine Zeit des Leidens gegeben hatte, weil ihr Vater nicht genug verdient hatte. Libby kam keine solche Zeit in den Sinn. Sie erinnerte sich nur daran, wie sehr ihre Mutter und ihr Vater sie liebten.

Ja, Papa hatte ein Ziel im Leben. Libby verstand dieses Ziel nicht immer und war nicht immer einverstanden damit. Doch Papa wusste, wie er leben und wohin er gehen wollte.

Libby stand auf und schaute aus dem Fenster. Wie war es möglich, dass Jordan diese Eigenschaften auch besaß – besonders, da er ja nicht selbst wählen konnte, wohin er gehen oder was er tun wollte? In den Augen eines Sklavenbesitzers war Jordan *Eigentum*!

Ihr ganzes Leben lang hatte Libby ihren eigenen Willen durchsetzen wollen. Sie wollte ihre Freunde selbst bestimmen und entscheiden, was sie zusammen unternahmen. Jordan konnte nicht einmal das.

Nie zuvor hatte Libby auch nur einen flüchtigen Blick in das Leben eines Sklaven geworfen. Bis heute hatte sie sich keine Gedanken darüber gemacht, was ein Sklavenkind empfand. Doch nun wollte das Bild von Jordan, wie er auf der Treppe des Gerichtsgebäudes stand, sie nicht mehr loslassen.

Als Libby sich ihre Zeichnung genauer ansah, begann sie zu weinen. Aus dem tiefsten Innersten ihres

Seins kamen heftige Schluchzer. Libby vergrub ihr Gesicht im Kissen und weinte, bis sie nicht mehr weinen konnte. Sosehr sie auch vergessen wollte, konnte sie Jordans Leiden nicht einfach beiseiteschieben.

Als Libby schließlich ausgeweint hatte, ging sie zum Krug und goss Wasser in die Schüssel. Das kalte Wasser würde die roten Flecken in ihrem Gesicht nicht verbergen. Auch die Röte ihrer Augen konnte das Wasser nicht abwaschen. Und Libby wusste, dass sie nie mehr dieselbe Person sein würde.

Ihre Hände zitterten immer noch, als sie den Jeansstoff auf dem Boden ausbreitete. Zu Libbys Überraschung fühlte es sich gut an, wieder einmal etwas zu tun, was sie konnte. Tante Vi hatte ihr das Nähen beigebracht.

Als ihre Hände ruhig wurden, nahm Libby die Schere und schnitt einen Rock heraus. Während sie arbeitete, wurde sie ungeduldig mit dem von Spitzen bedeckten Kleid, das sie trug. Sogar das Steifleinen, das ihre Röcke nach außen breiter machte, schien ihr eine Verschwendung zu sein.

Libby ging zu ihrem Schrankkoffer und hob den Deckel an. Aus dem Innern des Koffers nahm sie ein teures Kleid nach dem anderen. Für einen kurzen Augenblick berührte sie jedes einzelne Kleid, befühlte den weichen Stoff und genoss die Farben. Ihre besten Zeiten mit Tante Vi hatte sie beim Einkaufen erlebt. *Mag ich meine Kleider deshalb so gern?*

Fast ganz unten im Koffer befand sich ein blassgrünes Kleid, das Libby an ihre Mutter erinnerte. Sowohl Tante Vi als auch Onkel Alex hatten ihr gesagt, wie hübsch sie in diesem Kleid aussah. Wie eine Lieblingspuppe hatte Libby diese Erinnerung an eine Schulparty mitgetragen. Dort sagten ihre Freunde dasselbe.

Ich werde es aufbewahren, dachte Libby, während sie den Stoff glättete. *Auch wenn ich Jeansstoff tragen werde, behalte ich dieses Kleid für Zeiten, in denen ich mich von meiner besten Seite zeigen will.*

Am Boden des Schrankkoffers fand Libby das Kleid, das sie tragen wollte – ein schlichtes Baumwollkleid – ein dreifarbiger Kattun. Als sie es sich über den Kopf zog, fühlte sich Libby besser.

Doch als sie in den Spiegel schaute, kicherte sie. Ihre langen, dichten Locken passten nicht zum Kleid. *Es ist, als ob ich mich nicht entscheiden könnte, wer ich bin!*

Libby nahm ihre Haarbürste. Mit schnellen Bewegungen bürstete sie ihre langen Locken heraus. Zuerst fiel ihr langes Haar einfach wieder in dieselbe Stellung zurück wie zuvor. Doch schließlich hing Libbys tiefrotes Haar frei um ihre Schultern.

Libby nahm ihre Stirnfransen und band sie mit einem Band auf dem Kopf zusammen. Der Rest ihrer Haare fiel ihr den Rücken hinunter, lang und gewellt, nur an den Enden noch ein wenig gelockt.

Als Libby ihr Zimmer verließ, fühlte sie sich wie ein anderer Mensch. Indem er sie zu einer Sklavenversteigerung mitgenommen hatte, hatte Caleb sie dazu gezwungen, auf eine neue Art zu denken.

Auf dem Weg die Treppen hinunter zum Abendessen traf sie Caleb, der heraufkam. Mitten auf der Treppe blieb er stehen. Libby bemerkte seinen verstohlenen Blick zu ihren Haaren.

Ein anerkennendes Grinsen zeigte sich auf seinem Gesicht. »Du bist kein High-Society-Mädchen mehr.«

Das war alles, was er sagte, aber Libby wusste, dass Caleb die Veränderung mochte. Sie musste zugeben: Sie selbst mochte die Veränderung auch. Obwohl sie sich noch daran gewöhnen musste, fühlte sie sich beinahe wie sich selbst, nicht wie die Person, die sie laut Tante Vi sein und werden sollte.

»Caleb«, sagte Libby schnell. »Du sagtest, du würdest mir mit Samson helfen. Kannst du herausfinden, was er weiß?«

»Wie clever er ist?«, fragte Caleb, und Libby wusste, dass er sie aufziehen wollte. Zum zweiten Mal an diesem Tag erschien ihr Caleb wie ein Junge, mit dem man sich gut verstehen konnte.

»Welche Befehle Samson kennt«, antwortete sie. »Was ich tun soll, damit er gehorcht.«

»Das sollte nicht allzu schwierig sein«, sagte Caleb ihr. »Wir treffen uns nach dem Abendessen auf dem Sturmdeck, okay?«

Noch während Libby einwilligte, sprangen ihre Gedanken vorwärts. *Und ich werde herausfinden, was du zu verstecken versuchst, Caleb Whitney!*

Die »Untergrundbahn«

Als Libby die Kajüte betrat, um zu Abend zu essen, war das Glas des zerbrochenen Spiegels weggeräumt. Tische und Stühle standen wieder richtig, und die Samtgardinen befanden sich wieder an Ort und Stelle. Ein großes rohes Stück Holz verriet, wo der Spiegel gewesen war.

Libby wusste, dass sich die *Christina* durch die zusätzliche Arbeit verspätet hatte. *Werden wir Alton immer noch morgen Abend erreichen?*, fragte sie sich. *Wenn nicht, spielt es für Jordan eine Rolle?*

Sobald das Abendessen vorüber war, traf Libby Caleb auf dem Sturmdeck. »Ich weiß viel über die üblichen Befehle für Hunde«, meinte er.

Da Samson sie am ersten Tag so übermütig angesprungen hatte, hielt Libby ihn oft für einen Welpen. Andere Male benahm er sich wie ein ausgewachsener Hund. Zu ihrer großen Erleichterung hatte sie bereits bemerkt, dass er stubenrein war. Was konnte er sonst noch?

»Hierher, Samson«, rief Caleb, und der Hund schaute mit stark wedelndem Schwanz zu ihm auf. Als Caleb »Sitz!« sagte, setzte Samson sich hin. Als Caleb befahl: »Bleib!«, blieb der Hund an derselben Stelle sitzen, obwohl Caleb sich von ihm entfernte.

»Guter Hund!«, lobte Caleb Samson jedes Mal, wenn er etwas richtig machte. Caleb entdeckte auch, dass Samson bei Fuß blieb, wenn Libby mit ihm spazieren ging.

»Ich frage mich, was er sonst noch kann«, sagte Caleb. »Wenn wir einen kleinen Wagen hätten …« Er verstummte, während er darüber nachdachte. »Wir *haben* einen Wagen! Einen kleinen, um Lebensmittel von der Anlegeplanke zur Kombüse zu transportieren. Wenn ich ihn ein wenig auf Vordermann bringe …«

Caleb führte Samson und Libby zum Hauptdeck hinunter. Als er den Wagen fand, verwendete Caleb ein starkes Seil, um ein gepolstertes Geschirr anzufertigen. Als alles bereit war, zeigte er Libby, was sie machen musste.

Das Geschirr ging vor Samsons Brust über den vorderen Teil seines Rückens und hinter seinen Vorderbeinen durch. Caleb befestigte zwei lange Stangen am vorderen Ende des Karrens und verband sie mit dem Geschirr. Dann befestigte er eine Leine an Samsons Halsband.

Die ganze Zeit über stand der Hund still und wartete geduldig, bis alles fertig war.

»Er ist das wahrscheinlich gewohnt«, sagte Caleb schließlich. »Also, dann wollen wir mal schauen, was er kann.«

Er kniete sich vor dem Hund hin und winkte Samson mit den Händen nach vorn. »Komm!«, sagte Caleb immer wieder.

Zuerst schien Samson es nicht zu verstehen. Caleb wiederholte den Befehl.

»Komm!«, sagte er, immer noch auf Augenhöhe mit dem Hund. Plötzlich machte der Hund einen Schritt in Calebs Richtung.

»Jaaa!«, lobte Caleb ihn. »Guter Hund, guter Hund!«

Noch einmal befahl er: »Komm!« Diesmal gehorchte Samson sofort. Wieder lobte Caleb ihn. Beim Aufstehen ergriff Caleb die Leine. Als er sie über dem Hund hielt, ging er nach vorn. Als sei Samson ihm sein ganzes Leben lang gefolgt, tappte er hinter Caleb her. Ab und zu zog Caleb mit einem leichten Ruck an der Leine, um den Hund daran zu erinnern, wohin er gehen sollte. Jedes Mal gehorchte Samson.

Caleb ließ Libby Samson führen und spannte dann den Wagen ab. »Sein Besitzer muss viel Zeit in sein Training investiert haben«, sagte Caleb. »Sonst wüsste Samson nicht so viel.«

»Willst du nicht noch mehr ausprobieren?«, fragte Libby.

Caleb schüttelte den Kopf. »Ich will aufhören, solange es ihm Spaß macht. Dann möchte er es wieder tun.«

Da erinnerte sich Libby daran, dass sie herausfinden wollte, was Caleb im Schilde führte. Als sie auf einer großen Kiste auf einer Seite des Dampfschiffs Platz nahm, fragte Libby: »Was, denkst du, ist mit diesem jungen Sklaven passiert, den wir gestern gesehen haben?«

»Jordan?« Immer noch den Hund streichelnd, setzte Caleb sich auf ein kleines Fass. »Der Mann, der ihn gekauft hat, ist ein Sklavenhändler. Von allen Leuten, die ich kenne, hat Riggs den schlechtesten Ruf.«

»Grausam zu sein?« Für Libby war das nicht schwierig nachzuvollziehen.

»Er schlägt seine Sklaven nicht nur, weil sie etwas falsch gemacht haben. Er schlägt sie, um sicherzugehen, *dass* sie nichts falsch machen.«

Libby hatte noch nie von einer so merkwürdigen Logik gehört. »Also egal, wie sehr sich ein Sklave bemüht, alles richtig zu machen, kann er Riggs nie gefallen?«

Calebs blaue Augen spiegelten seine Sorge wider. »Es ist, als müsse Riggs beweisen, dass er der Chef ist.«

»Gibt es keine netten Sklavenbesitzer?«, fragte Libby.

»Sicher«, antwortete Caleb. »Einige Besitzer behandeln ihre Sklaven wie Familienmitglieder. Und die Haussklaven sind es auch wirklich. Eine Negermutter zieht die Kinder ihres Herrn auf. Manchmal fühlen sich diese Kinder sehr mit ihrem Kindermädchen verbunden.«

»Weil das Kindermädchen viel Zeit mit ihnen verbringt?« Libby verstand das auch.

»Aber ist es *nett*, jemanden als Sklaven zu halten?«, fragte Caleb. »Und viele Besitzer kümmern sich nicht darum, was mit den Negerfamilien geschieht. Sie verkaufen Ehemänner von ihren Frauen weg, Kinder von ihren Eltern weg.«

Libby war den Tränen nahe. Sie wusste, was es bedeutete, durch den Tod von der Mutter getrennt zu sein und durch Distanz vom Vater.

»Falls ein Sklave davonläuft, heuert der Besitzer einen Sklavenfänger an.« Caleb lehnte sich nach vorn, als ob er sichergehen wollte, dass Libby ihn verstand. »Der Besitzer bietet eine hohe Belohnung an, wenn der Flüchtige gefangen wird.«

Nun wird er es mir sagen! Libby war sich sicher, dass sie alles herausfinden konnte, was sie wissen wollte.

»Caleb«, fragte sie, »was meintest du mit dem, was du Jordan zugeflüstert hattest?«

Plötzlich wurde Caleb still. »Du hörtest mich flüstern?«

Libby nickte. »Du sagtest: ›Alton. Morgen Abend. Die *Christina*.‹«

»Bist du dir sicher, dass du *das* gehört hast?« Als ob es nicht wichtig wäre, lehnte Caleb sich ans Geländer.

»Ich bin mir sicher«, antwortete Libby. »Und warum hast du eine andere Anlegeplanke ausgefahren in Burlington?«

»In Burlington?« Caleb tönte wie ein Echo.

»Als die drei Negermänner an Bord kamen.«

Immer noch blieb Calebs Gesichtsausdruck unverändert. »Eine andere Anlegeplanke«, sagte er, als müsste er nachdenken. »Was meinst du damit, Libby?«

»Die *Christina* hat drei Anlegeplanken. Wenn sie nebeneinandergelegt werden, ergeben sie eine Rampe.«

»Ach ja, genau! Die Rampe, die die Lockziege hin aufging.« Plötzlich lachte Caleb. »Seit ich hier an Bord bin, habe ich noch nie etwas Lustigeres gesehen als jene Ziegen, die durch die Kajüte rannten.«

Libby lachte mit ihm. »Es war *echt* lustig, nicht wahr?« Sie erinnerte sich daran, wie sie sich auf den Ziegenbock gestürzt hatte und wie sie hinuntergepurzelt war, als der Ziegenbock die Wand streifte. Nun schien es lächerlich.

Calebs Grinsen erhellte sein Gesicht. »Das nächste Mal, wenn uns eine Ziege abgehauen ist, werde ich dich hinter ihr herschicken!«

Während sie sich weiter unterhielten, ging die Sonne über der Innenstadt von Saint Louis unter. Der rosa gefärbte Himmel spiegelte Libbys Wärme im Herzen wider. Erneut erschien Caleb ihr wie ein Junge, mit dem sie sich wohl doch gut verstehen könnte.

Doch allein in ihrem Zimmer an diesem Abend bemerkte Libby etwas. *Ich weiß immer noch nicht, was Caleb treibt!*

***

Am nächsten Morgen sah Libby Männer, die einen riesigen Spiegel an Bord trugen. »Ich bin froh, dass wir in Saint Louis sind, wo ich einen solchen Spiegel auftreiben konnte«, teilte Papa ihr mit.

Während der Bootsschreiner den Spiegel an seinen Platz setzte, beluden die Deckhelfer die *Christina*, die sowohl Passagiere als auch Fracht transportierte. Neben den Ziegen, die nun eingeschlossen waren, transportierte sie auch mit Zucker, Salz und Melasse gefüllte Fässer.

Einige dieser benötigten Vorräte waren vom Ohio River gekommen, auf Dampfschiffen wie der *Christina*. Andere Ladung war von New Orleans den Mississippi hinaufgekommen.

Libby schaute vom Sturmdeck aus zu, wie die Passagiere im Laufe des Nachmittags an Bord kamen. Viele von ihnen waren Einwanderer, die vorhatten, in der Wildnis im Westen der USA ein neues Leben zu beginnen. Der Mississippi war sozusagen die Straße, die dorthin führte.

Während das Wasser in den Heizkesseln aufgeheizt wurde, strömte Rauch aus den langen Schornsteinen. Endlich wurde die Anlegeplanke eingezogen. Die *Christina* dampfte den Fluss hinauf, und die Passagiere richteten sich in den Kajüten oder auf dem Deck ein.

Auf der Fahrt bekamen Libby und Caleb jeweils ihre Schulbildung. Als Libby die Kapitänskajüte erreichte, war Caleb schon da. Wieder einmal saßen sie sich an dem großen Tisch gegenüber. Libby wollte Caleb Fragen stellen, aber sie hatte etwas gelernt: Er würde nicht antworten, solange er nicht wollte.

Als Kapitän Norstad durch die Tür trat, war Libby besonders froh, ihn zu sehen. Sie würde ihn fragen, was sie wissen wollte, und zwar in Gegenwart von Caleb.

Bei der ersten Gelegenheit begann Libby damit. »Wenn Sklaven davonlaufen, wohin gehen sie dann?«

»In Richtung Norden«, antwortete ihr Vater. »Sie folgen dem Nordstern. Wenn sich ihnen eine Möglichkeit bietet, überqueren sie Flüsse wie den Mississippi oder den Ohio, um in freie Staaten zu gelangen.«

»Wie Illinois?« Auch als sie fragte, behielt Libby Caleb im Auge.

Kapitän Norstad nickte. »Aus dieser Gegend reisen Flüchtige oft quer durch Illinois nach Chicago oder irgendwo in die Nähe von Chicago. Falls sie den Michigansee erreichen, versteckt ein hilfsbereiter Kapitän sie an Bord seines Dampfschiffs. Er führt Flüchtige an Orte, von wo aus sie nach Kanada gelangen können.«

»Und in die Freiheit?«, fragte Libby. »Aber wie gelangen sie überhaupt so weit?« Libby behielt Calebs Gesicht immer noch im Auge.

»Manchmal denken sie sich einen guten Fluchtplan aus und reisen über weite Distanzen allein. Und manchmal finden sie eine freie schwarze oder weiße Person, die mit der ›Untergrundbahn‹ in Verbindung steht.«

»Eine Bahn? Also eine Eisenbahn? Was meinst du damit?« Libby glaubte allmählich, dass sie die Antwort wusste.

»Gewöhnlich ist es keine wirkliche Eisenbahn, aber es kann sein«, erklärte ihr Vater. »Die ›Untergrundbahn‹ ist ein Geheimplan, um Sklaven zu helfen, die Freiheit zu erreichen. Ein Haus, das Flüchtige aufnimmt, wird *Bahnhof* genannt. Die Person, die dort lebt, ist ein *Agent*. Wer die Entlaufenen zum nächsten sicheren Ort führt, wird *Schaffner* genannt.«

Aha!, dachte Libby. Noch immer verriet nichts in Calebs Gesicht, was er gerade dachte. Doch zum ersten Mal fand Libby, dass sie ihm auf die Spur gekommen war. Wenigstens konnte sie einige Puzzleteile aneinanderfügen.

Aber dann fragte ihr Vater: »Seid ihr beide bereit, mir eure Ansichten über das ›Gesetz über flüchtige Sklaven‹ vorzutragen?«

»Ich bin bereit, Sir«, antwortete Caleb schnell. Libby wand sich auf ihrem Stuhl.

»Libby?«, fragte ihr Vater.

Nervös zog sie eine lange Strähne rotes Haar nach vorn. Bis gestern hätte sie alles getan, um Caleb Whitney in einem Wortgefecht zu schlagen. Heute brachte sie es nicht übers Herz, es zu versuchen.

»Libby?«, fragte der Kapitän nochmals.

Während sich Libby die Haare um den Finger wickelte, suchte sie nach Worten. »Ich bin nicht bereit, Papa.«

»Brauchst du mehr Zeit?«

»Auch mehr Zeit würde mir nichts bringen. Ich möchte nicht über das Gesetz sprechen.«

»So?« Kapitän Norstad warf einen flüchtigen Blick in Calebs Richtung und schaute danach Libby wieder an. »Ich glaube, du würdest deine Ansichten gut vertreten. Warum willst du es nicht versuchen?«

Libby öffnete den Mund. Sie wollte sagen: »Weil ich eine Sklavenversteigerung gesehen habe.« Doch sie sah Calebs Blick. In Saint Louis hatte er sie herausgefordert, sie solle es ihrem Vater nur sagen. Falls sie es tat, würde Caleb ihr nie mehr vertrauen.

Libbys Gedanken überschlugen sich. *Wie kann ich es erklären, ohne Papa zu sagen, was geschehen ist?*

Schließlich holte sie tief Luft. »Ich habe viel nachgedacht.« Verängstigt und auch nervös stolperte sie über die Worte. »Ich habe meine Meinung über einige Dinge, die ich sagte, geändert.«

Erneut schaute Kapitän Norstad zu Caleb, dann zu Libby zurück. Vor den klaren Augen ihres Vaters senkte Libby ihren Blick. Eines Tages würde sie ihm sagen, was sie nun von Sklaverei hielt. Aber nicht jetzt. Noch nicht.

Als Papa sie nicht zu einer Erklärung aufforderte, fühlte sich Libby erleichtert. Trotzdem war da etwas, was sie wusste. Wenn sie diesen Nachmittag Alton in Illinois erreichten, würde sie an Deck sein. Sie würde jede Bewegung Calebs beobachten.

Als habe sie das Flüstern gerade erst gehört, erinnerte sie sich an die Worte: »Alton. Morgen Abend. Die *Christina.*«

Calebs Geheimnis

Später an diesem Nachmittag standen Libby und Caleb auf dem Sturmdeck der *Christina*. Einige Kilometer oberhalb der Stelle, wo der Missouri in den Mississippi fließt, bekam Libby Alton, Illinois, zum ersten Mal bei Tag zu Gesicht.

Am felsigen Hang des rechten Flussufers befanden sich große, graue Gebäude mit einer langen Mauer. »Ist das ein Schloss?«, fragte Libby.

»Das Staatsgefängnis von Illinois«, erklärte Caleb ihr.

Hohe Lagerhallen schmiegten sich ans Ufer. Etwas weiter oben zeigten Kirchtürme zum Himmel. Auf unerklärliche Weise boten sie Libby Trost, sie vermutete hier Leute, die von etwas überzeugt waren. Der Gedanke überraschte Libby, denn sie war sich oft unsicher in Bezug auf ihre eigenen Ansichten.

Als die *Christina* in den Hafen manövrierte, eilte Caleb zum Hauptdeck hinunter. Um sicherzugehen, dass ihr nichts entging, was er tat, folgte Libby ihm.

Inzwischen warf die untergehende Sonne lange Schatten über den Fluss und in die Stadt. Als die Schatten länger wurden, begann die Mannschaft mit dem Entladen der Fracht. In der zunehmenden Dämmerung stellte ein Wächter eine Fackel in einen Eisenkorb, der vor dem Bug des Schiffes aufgehängt wurde. Als die Kieferfackel aufflackerte, fielen glühende Kohlen ins Wasser.

Wie andere Dampfschiffe ihrer Größe benötigte die *Christina* etwa 25 Klafter Holz für 24 Stunden Fahrt.

Das hieß mindestens zweimal pro Tag anhalten, um mehr Holz aufzuladen.

Im unheimlichen Licht der flackernden Fackel machten sich die Männer daran, Holz von riesigen Haufen neben dem Fluss zum Schiff zu tragen. Die Anlegeplanke hinauf und hinunter eilten sie mit ein Meter langen Holzscheiten, die sie auf den Schultern balancierten. Passagiere, welche sich das Geld für die Fahrt verdienen wollten, arbeiteten mit der Crew und schichteten das Holz in der Nähe der Öfen oder an Deck auf.

Als ein kalter Märzwind über das Wasser blies, fröstelte Libby. Während sie ihren Mantel fester um sich zog, dachte sie an den Holzofen in der Kajüte. Obwohl seine wohlige Wärme verlockend war, wollte Libby das Deck nicht verlassen. Was würde diese Nacht geschehen?

Ab und zu erblickte sie Caleb, der wie die Männer Holz schleppte. Als beinahe jeder verfügbare Platz von Holz belegt war, bemerkte Libby, dass sogar der Platz, wo sie stand, gebraucht wurde. Sie begab sich zur Treppe.

Vor ihr trug ein Mann zwei schwere Holzscheite auf der Schulter. Als sie bemerkte, dass er nur auf eine Seite schauen konnte, trat Libby ihm aus dem Weg. Genau in diesem Augenblick ging der Mann in dieselbe Richtung und stieß mit Libby zusammen.

Als eines der Holzscheite auf das Deck fiel, sprang sie zurück. Das schwere Stück Holz verfehlte ihre Füße um Haaresbreite.

Plötzlich war Caleb da. »Du bist im Weg«, sagte er. »Warum schaust du nicht von der Treppe aus zu?«

»Da will ich ja hin!« Aufgewühlt durch ihr knappes

Entkommen ging Libby wieder in Richtung Treppe. Auf halbem Weg drehte sie sich um, um zu sehen, wer der Holzträger war.

Doch Caleb schritt zwischen Libby und den Mann. »Ist alles in Ordnung?«, fragte Caleb.

»Es ist nichts passiert!«, rief Libby aus. Aber sie zweifelte nicht daran, dass sie sich hätte schwer verletzen können.

Als sie die Treppe erreichte, versuchte sie erneut, einen Blick auf das Gesicht des Mannes zu werfen.

Inzwischen kehrte er Libby den Rücken zu, und seine neu aussehende Hose schleifte auf dem Boden. Da seine Mütze hinuntergezogen und der Kragen seines Mantels nach oben geklappt war, konnte Libby nicht einmal die Haare an seinem Hals sehen.

Mit einer schnellen Bewegung las Caleb das zu Boden gefallene Scheit auf und fügte es zur Last des Mannes hinzu.

»Kein Wunder, dass er nichts sehen konnte!«, rief Libby Caleb zu.

Caleb grinste in Libbys Richtung, dann beugte er sich vor, um mit dem Holzträger zu sprechen. Ohne sich auch nur ein wenig umzudrehen, nickte der Mann.

Ein Gedanke ließ Libby nicht los. *Er kommt mir irgendwie bekannt vor. Aber weshalb?*

Sie verließ die Treppe und eilte nach vorn. Erneut stellte sich Caleb zwischen sie und denjenigen, der das Holz trug. Bevor Libby den Mann erreichen konnte, war er verschwunden.

»Komm, wir machen ein Wettrennen zur Kajüte!«, forderte Caleb sie auf. »Raus aus der Kälte in die Wärme!«

Seine plötzliche Freundlichkeit überraschte Libby. In der großen Hauptkajüte fand Caleb im Kreis der Leute, die den Holzofen umringten, einen Platz. Daneben besetze Libby eine andere freie Stelle und streckte ihre Hände nach vorne, wo es am wärmsten war. Nach dem kalten Wind fühlte sich die Hitze des Ofens gut an.

Bald wurde Libby von einer Passagierin angesprochen. »Bist du nicht die Tochter des Kapitäns?«

»Ja, genau, das bin ich«, antwortete Libby erfreut.

Als sie das Gespräch mit der Frau beendet hatte, sah Libby sich um. *Caleb! Wo ist er?*

Ein Schwall von Zorn stieg in Libby hoch. Es war nicht schwer zu erraten, dass Caleb seine Chance zu verschwinden genutzt hatte. Und Libby wollte von niemandem zum Narren gehalten werden!

Dann kam ihr eine noch wichtigere Frage in den Sinn: *Was versucht Caleb zu verbergen?*

***

Vom einen Ende der *Christina* bis zum anderen suchte Libby nach Caleb. Sie war sich sicher, dass sie ihn im Maschinenraum auf dem Hauptdeck finden würde. Die riesigen Dampfmaschinen waren dort sowie die großen Hochöfen, die das Wasser aufheizten, um die Motoren zum Laufen zu bringen. Doch Caleb war weder dort noch in der Schmiede.

Schließlich begab sich Libby zur Schiffsküche. Vor einem der riesigen Kästen, mit denen die Schaufelräder verkleidet waren, befand sich die makellos gereinigte Kombüse.

Oma knetete gerade Brotteig, aber der warme Duft passte nicht zu Libbys Stimmung.

»Dein Enkel ist der seltsamste Junge, den ich je getroffen habe!«, platzte sie heraus.

»Der seltsamste?« Omas blaue Augen betrachteten Libby eingehend. »Was meinst du damit?«

»Caleb stellt nur Fragen. Er gibt nie Antworten!«

»Was beantwortet er denn nicht?«, fragte Oma.

»Du bist genau wie er!«, rief Libby aus.

»Und was heißt das?« Oma nahm eine große Teigmasse und rollte sie auf.

»Ich glaube, dass ich einen jungen Sklaven an Bord kommen sah«, antwortete Libby. »Aber als ich Caleb danach fragte, wollte er mir nichts sagen. Genau genommen stahl er sich davon.«

»Ohne dir etwas zu sagen?« Oma boxte den Teig.

»Nichts!«

Einen Augenblick lang schien Oma sich zu entspannen. Dann sagte sich Libby, dass es nur Einbildung gewesen war.

»Du denkst also, dass Caleb seltsam ist?«, fragte Oma.

»Bei jedem anderen Jungen, dem ich bisher begegnet war, konnte ich alles fragen. Alles, was ich tun musste, war lächeln.« Libby setzte das Lächeln auf, das sie oft vor dem Spiegel übte.

»Und die Jungs sagten es dir«, beendete Oma den Satz.

»Was immer ich auch wissen wollte.«

»Und Caleb tut das nicht.« Geschickt formte Oma den Teig zu einer großen Kugel und legte ihn in eine

Holzschüssel. Aus irgendeinem Grund schien sie sehr zufrieden mit sich selbst zu sein – und auch mit Caleb.

Doch dann überraschte Oma Libby. »Weißt du, wie man Brot backt?«

Libby schüttelte den Kopf. »In Chicago hat das immer unser Koch gemacht.« Beim Mittag- und Abendessen auf dem Schiff hatte Libby gesehen, wie alle das gute Brot verschlangen. Libby mochte es auch, aber hatte nur flüchtig darüber nachgedacht, woher es kam.

»Ich zeige dir wie«, sagte Oma. »Du wirst es im Nu beherrschen.«

Sie band Libby eine große Schürze um. Bei Tante Vi hätte Libby das *Arbeit* genannt und hätte sie gemieden. Hier mit Oma schien es Spaß zu machen.

Mehr als einmal klebte der Teig am Brett, und Libbys Hände fühlten sich ungeschickt und unbeholfen an. Doch schließlich bekam sie das Gefühl dafür, was sie tun musste. Doch Oma hatte sie neugierig gemacht, und Libby wollte zu gern wissen, warum sie und Caleb hier auf der *Christina* waren.

»Calebs Vater war mein Sohn«, sagte Oma mit weicher Stimme. Für einen Augenblick blieben ihre geschäftigen Hände ruhig. »Als er und seine Frau starben, kam Caleb zu mir.«

»*Beide* Eltern starben?«, fragte Libby.

»Innerhalb weniger Tage. Sie starben an Cholera.«

Libby wusste von dieser gefürchteten Krankheit. Manchmal löschte sie ganze Familien aus – oder ließ nur ein, zwei Mitglieder übrig, die sich im Leben weiter durchschlagen mussten.

»Caleb war erst vier Jahre alt. Für eine Weile blieben wir dort, wo ich nach dem Tod meines Mannes wohnte. Dann musste ich Geld verdienen – um für Caleb Geld beiseitelegen zu können. Wir kamen hierher.«

Eine Zeit lang war Libby still, während sie ihren Teig knetete, bis Oma schließlich sagte: »Das ist genug. Du willst ihn ja nicht umbringen.«

Libby lachte, aber sie dachte an Caleb. »Ich sage immer noch, dass er der seltsamste Junge ist, den ich je getroffen habe.«

»Nein«, sagte Oma, und ihre Stimme war wieder weich. »Du musst Caleb nur verstehen. Du musst seine Überzeugungen verstehen.«

»Wovon *ist* er denn überzeugt?«, fragte Libby.

Oma lächelte nur. »Ich denke, da musst du Caleb selbst fragen.«

Da war es wieder – etwas Geheimnisvolles an dem Jungen. Von Oma erfuhr Libby, dass er vierzehn, fast fünfzehn war, nur ein Jahr älter als sie selbst. Libby wusste auch, wie Caleb aussah. Blondes Haar, das ihm über die Stirn bis nahe an die blauen Augen fiel. Beinahe gleich groß wie sie, aber kräftiger und schnell.

Darüber hinaus wusste Libby fast nichts. Was war an Caleb, das sie nicht verstehen konnte? Was auch immer es war: Libby wusste, dass sie von Oma keine weitere Auskunft bekommen würde. Auch darin waren sich Oma und Caleb ähnlich.

»Hast du deinen Hund heute Abend schon gefüttert?«, fragte Oma.

Libby zuckte zusammen. Nein, sie hatte es vergessen. Woher wusste Oma das?

»Ich habe ein paar Reste für ihn aufgehoben«, sagte Oma, als sie die Schüssel hervorholte. »Weißt du was? Komm jeden Morgen und Abend hier herunter. Ich gebe dir, was du brauchst.«

»Danke, Oma.« Libby hob die Schüssel hoch. Noch einmal war sie verlegen. Verlegen, dass sie ihren eigenen Hund vergessen hatte. Verlegen, dass sie so viel zu lernen hatte.

Wie kann ich nur so hilflos sein?, fragte sich Libby, als sie die Kombüse verließ. *Ich werde sie alle überraschen!*

Auf den Stufen zum Sturmdeck hinauf traf Libby auf Caleb. Sie hielt auf der schmalen Treppe an und versperrte Caleb den Weg.

»Du kennst den Mann, der das Holz fallen gelassen hat?«

Caleb nickte.

»Ich glaube, er war gar kein Mann.«

»So?«

Im unheimlichen Licht der Kieferfackel sah Libby, wie Calebs Hand auf dem Geländer ruhte. Sein Gesicht verriet kein Anzeichen eines Geheimnisses.

»Er war kein erwachsener Mann«, sagte Libby. »Aber er war groß und etwa in deinem Alter.«

Caleb schwieg und wartete ab.

Libby fuhr schnell fort. »Er sah wie jemand aus, den ich schon einmal gesehen habe.«

»Wirklich?«, fragte Caleb.

Diesmal erkannte Libby Calebs Spiel – Fragen zu stellen, anstatt Antworten zu geben.

»Warum ist Jordan an Bord?«, fragte Libby.

Auf dem Geländer verstärkte sich der Griff von Calebs Hand. Keine andere Bewegung verriet seine Überraschung.

»Warum glaubst du, ihn gesehen zu haben?« Calebs Stimme hörte sich ruhig an, als ob ihre Antwort nicht sehr wichtig wäre. »Es war dunkel, weißt du, und da waren viele Leute.«

»Aber Jordan war dabei«, antwortete Libby. »Ich bin mir ganz sicher.«

Sie lehnte sich nach vorn und versuchte, Caleb in die Augen zu schauen. Nicht einmal eine Wimper zuckte.

»Übrigens«, fragte er, »hast du deinen Hund schon ausgeführt?«

Libby brauste auf. »Ich werde meinen Hund ausführen, wann ich will!«

Caleb grinste. »Ich dachte, du hattest mich um Hilfe gebeten.«

Libby wirbelte herum. Sie war schon am Ende der Treppe, bevor sie merkte, dass Caleb sie wieder hereingelegt hatte.

Er hat mich schon mindestens dreimal ausgetrickst! Wie konnte ich das nur zulassen? Libby traf eine Entscheidung. Er würde sie kein einziges Mal mehr zum Narren halten! *Was für ein Spiel du auch spielst, Caleb Whitney: Ich werde herausfinden, was es ist!*

Libbys Wahl

Als Libby ihr Zimmer auf dem Texasdeck erreichte, wartete Samson draußen. Sobald er Libby sah, sprang er auf die Füße. Sein großes Maul weitete sich wie zu einem Lachen. Mit einem sanften »Wuff!« hieß er Libby zu Hause willkommen.

Plötzlich schämte sie sich. Samson war wirklich ein lieber Hund, und sie hatte nicht einmal daran gedacht, ihm sein Fressen zu geben.

Libby kniete nieder und streckte die Hand aus, um den Hund zu streicheln. Als Samson ihr das Gesicht ableckte, wich sie ihm sofort aus. Dazu war sie noch nicht bereit!

Als ob er am Verhungern wäre, verschlang Samson das Futter. Erneut schämte sich Libby.

»Ich werde mich bessern, Samson«, versprach sie. »Ich werde es nicht mehr vergessen.«

Sie dachte auch daran, mit ihm Gassi zu gehen. Mit dem riesigen schwarzen Hund an ihrer Seite spazierte Libby am Ufer neben der *Christina* auf und ab. Immer wenn sie leicht an der Leine zog, gehorchte Samson.

Die dunklen Wasser des Mississippi flossen ruhig am Schiff ihres Vaters vorbei. Die Fackel, die immer noch flackerte, warf ein unheimliches Licht. Zum ersten Mal an diesem Abend war der Pier ruhig, und ebenso die Stadt Alton. Sogar die Öllampe, die oft in der großen Kajüte der *Christina* brannte, war gelöscht worden.

»Komm, Samson«, sagte Libby nach einer Weile. »Wir gehen lieber hinein.«

Der Mond stand nun am Himmel, und sein Licht beleuchtete die Stellen, welche die flackernde Fackel nicht erreichte. Genau in diesem Augenblick sah Libby zufällig eine Bewegung auf dem Texasdeck vor Papas Kajüte. Ein Schatten – nein, zwei – schlichen dicht an der Wand entlang. Scheinbar schwebend bewegten sich die Schatten zum Sturmdeck, dann die Treppe hinunter.

Der erste Schatten war auf halbem Weg zum unteren Deck, als sein Gesicht vom Mondlicht beleuchtet wurde. Caleb! Libby wusste, dass er versuchte, etwas zu verbergen. *Etwas? Oder jemanden?*

Als Caleb weiterging, kam der zweite Schatten ins Mondlicht. *Jordan!* Libby war sich sicher! Wie hatte er es bloß geschafft, dem Sklavenhändler, der ihn besaß, zu entkommen? Waren Jordan und Caleb zu Papas Kajüte gegangen, hatten dann aber festgestellt, dass er nicht da war?

Eine Hand warnend auf Samsons Kopf, kauerte sich Libby neben einem Haufen Frachtgut nieder. In der Dunkelheit strengte sie die Augen an. Wenn sie herausfinden wollte, was Caleb tat, musste sie wissen, wohin er ging. Falls der Hund bellte … Aber Samson verhielt sich still.

Bald erreichten die zwei Jungen das Hauptdeck. Sie wandten sich zur Seite und krochen unter den Überstand an der Längsseite des Dampfers. Als sie durch einen Türeingang verschwanden, lief Libby zur Anlegeplanke. An Bord band sie Samsons Leine an die Reling und rannte den Jungen nach. Augenblicke später schlüpfte sie in den Maschinenraum.

Von irgendwoher mitten im Raum hörte sie ein Klirren von Metall gegen Metall. Als Libby in Richtung des Geräusches schlich, hörte sie Stimmen.

Langsam, leise schlich Libby vorwärts. Als sie um einen Heizkessel spähte, stand Jordan mit seinem nackten Fuß neben einem Holzklotz. Eine Fußschelle umgab seinen Knöchel. Eine weitere lag auf dem Boden.

Erst vor zwei Tagen hatte Libby Jordans Fußschellen eng nebeneinander gesehen. Die Fußschellen sahen wie Handschellen aus, wurden aber stattdessen am Knöchel befestigt. Nun war die Kette zwischen Jordans Füßen zerbrochen. Zwei Stofffetzen verrieten Libby, dass er die Enden der Kette um jeden Knöchel gebunden hatte. Irgendwie, irgendwo hatte Jordan eine Jacke und Hosen gefunden, die lang genug waren, um seine Fußschellen zu verdecken.

»Halt noch mal still.« Caleb zwängte ein gepolstertes Tuch zwischen den Eisenring und Jordans Haut.

Während Libby zusah, fragte sie sich, wie es Jordan gelungen war zu fliehen. Wie hatte er die *Christina* nur mit den schweren Fußschellen um seine Knöchel erreicht?

Mit einem Hammer schlug Caleb auf einen Meißel und durchtrennte so die Niete, welche die Fußschelle zusammenhielt. Schon bald fiel Jordans zweite Fußschelle ab.

»Du hast es bis hierher geschafft!« Begeisterung schwang in Calebs Stimme mit. »Morgen bringen wir dich an einen sicheren Ort weiter oben am Fluss.«

Ein breites Grinsen erhellte Jordans Gesicht. Wie um alle erlittenen Schmerzen abzuwerfen, hob er triumphierend seine Arme. Er streckte sich, so hoch er konnte. Erneut erinnerte er Libby an einen König.

Tränen füllten Libbys Augen. Sie wollte nach vorn stürzen. Sie wollte Jordans Entkommen von seinem grausamen Herrn feiern. Aber ein Gedanke hielt sie zurück. *Ich sollte dies eigentlich nicht sehen!*

Schnell wich Libby zurück. Sie war beinahe in Sicherheit, als sie gegen ein Ölkännchen stieß. Als es gegen Metall schepperte, begann Libby zu rennen.

»Halt!«, rief Caleb ihr nach.

Als sie weiterrannte, rief Caleb nochmals. »Ich sehe dich, Libby! Stopp!«

Seine Stimme war leise, und Libby wusste, dass er nicht gehört werden wollte. Doch Caleb erwartete, dass sie gehorchte.

Als er sie einholte, packte er Libbys Arm und zwang sie so anzuhalten. »Was hast du gesehen?«

»N-n-nichts«, stotterte Libby.

»Du lügst. Was hast du gesehen?«

Libby hatte keine andere Wahl, als es ihm zu erzählen. »Ich sah, wie du Jordans Fußschellen entfernt hast. Ich sah Jordan aufrecht dastehen, begeistert, dass er es so weit geschafft hat. Aber wenn er entdeckt wird, könnte Papa ins Gefängnis kommen, da er einen flüchtigen Sklaven auf seinem Schiff versteckt.«

Caleb lockerte seinen Griff an Libbys Arm. »Du verstehst also endlich.«

»Ich versteh's«, sagte Libby leise. »Ich wünschte, ich täte es nicht.«

»Dann kennst du den Preis«, antwortete Caleb. »Wirst du das Geheimnis für dich behalten?«

Erneut dachte Libby an ihren Vater. »Ich weiß nicht, ob ich das Geheimnis bewahren kann.«

»Du darfst es *niemandem* erzählen!«, schärfte Caleb ihr ein. »Wenn du es tust, ist Jordans Leben in Gefahr!«

Libby richtete sich zu ihrer vollen Größe auf. Bisher hatte sie es gestört, dass sie beinahe so groß wie Caleb war. Zum ersten Mal war sie froh darüber.

»Sag mir nicht, was ich tun soll, Caleb!«

Libby drehte sich um und begann zu rennen. In der Nähe der Anlegeplanke schnappte sie sich Samsons Leine. Als sie das Texasdeck erreichten, keuchte Libby. Erst jetzt bemerkte sie, dass Caleb ihr gar nicht gefolgt war.

Als sie die Tür ihrer Kajüte öffnete, blieb Samson auf dem Deck, scheinbar unschlüssig, was er tun sollte. Bis jetzt hatte Libby ihm nie erlaubt, die Türschwelle zu überschreiten. Diesmal drängte sie den Hund, hineinzukommen. »Komm schon! Es ist in Ordnung!«

Als Samson sich neben ihrem Bett niederließ, nahm er fast jeden Zentimeter des Raumes ein. Es war genauso schlimm, wie Libby es sich vorgestellt hatte. Aber heute Abend war es ihr egal. Sie wollte den Hund einfach bei sich haben.

Bei Mondlicht schlüpfte Libby ins Bett. Während sie im Dunkeln lag, schaute sie zu einer Decke hinauf, die sie nicht sehen konnte.

Jordan ist nun in Sicherheit! Libby hoffte, dass es für immer wäre. Doch dann fühlte sie sich unbehaglich.

Jordan musste immer noch einen Ort erreichen, der von Sklavenfängern weit entfernt war. Vielleicht konnte er sich in einem nördlichen Staat verstecken, aber größere Sicherheit bot Kanada. Das hieß, er musste durch ganz Illinois reisen, um den Kapitän eines Dampfschiffs auf dem Michigansee zu erreichen. Tagsüber in einem Versteck, nachts unterwegs. Ob trockener Boden, Sumpf, See oder Fluss – Jordan musste darüber, darum herum oder hindurch.

Dauernd würde ihm jemand folgen: ein Sklavenfänger, der die Belohnung für seine Festnahme einstreichen wollte, ein Mann mit Hunden, die darauf abgerichtet waren, Jordans Fährte zu wittern. Wie ein Verbrecher würde Jordan verfolgt und gejagt werden. Ununterbrochen, Tag und Nacht müsste er nicht nur an seine eigene Sicherheit denken, sondern auch an die Sicherheit der Leute, die ihm halfen.

Von ganzem Herzen wünschte sich Libby, dass Jordan sich in Sicherheit bringen konnte. Immer wenn sie versuchte einzuschlafen, dachte Libby an das böse Gesicht des Sklavenhändlers – des grausamsten Mannes, den Caleb kannte. Wenn Jordan zu diesem Besitzer zurückginge, würde er Jordan schlagen, möglicherweise totschlagen. Libby fürchtete sich vor diesem schrecklichen Gedanken.

Dann erinnerte sie sich an das Gesetz über flüchtige Sklaven und an die Sorge um ihren Vater. *Caleb sagte, ich dürfe es niemandem erzählen. Ist in diesem ›niemandem‹ auch mein eigener Vater eingeschlossen?*

Trotz ihrer Meinungsverschiedenheiten wollte Libby Caleb besser kennenlernen. Sie wollte auch, dass er sie respektierte. *Wenn ich Papa davon erzähle, was wird Caleb denken?*

Die Märznacht fühlte sich kalt an, und es gab keine Heizung in Libbys Zimmer. Sie zog sich die Steppdecken über den Kopf, aber die Kälte in ihren Knochen kam nicht nur von der Nachtluft. *Ich wusste nicht, dass eine Gib-nie-auf-Familie so viel kosten würde.*

Ehrenkodex

Als die aufgehende Sonne ihr Zimmer erhellte, wurde Libby durch die Fahrgeräusche des Dampfers geweckt. Sie war sich nicht sicher, wann die *Christina* Alton verlassen hatte. Im Halbschlaf hörte sie dem Brummen der Motoren und dem Klatschen der Schaufelräder auf das Wasser zu.

Dann, als Libby ganz wach war, hatte sie einen Entschluss gefasst. *Papa ist mein Vater – meine Familie. Als ich auf die »Christina« kam, versprachen wir, uns gegenseitig zu helfen. Eine Gib-nie-auf-Familie hält zusammen. Ich schulde Papa mehr als jemandem, mit dem ich gut klarkomme und mich eigentlich ganz gut verstehe.*

Sobald sie sich angezogen hatte, suchte Libby ihren Vater auf. Sie musste mit ihm sprechen, noch vor dem Frühstück. Nachdem sie ihn in seiner Kajüte gefunden hatte, setzten sich die beiden an den großen Tisch.

Dabei fiel Papa eine Haarsträhne nach vorn auf die Stirn, und er schob sie zurück. Wie immer war Libby stolz auf ihn. Aber da war noch etwas. *Nach all den Jahren, in denen ich ihn kaum gesehen habe, will ich nicht, dass uns etwas trennt. Nicht einmal meine Angst davor, was Caleb denkt.*

Libby begann ihren Bericht mit der großen Holzkiste, die auf das Deck der *Christina* gefallen war. Sie erzählte, wie sie zugeschaut hatte, als die Kiste auf die Eisenbahn in Gulfport geladen wurde.

Ihr Vater schenkte ihr seine ganze Aufmerksamkeit beim Zuhören. »Und?«, sagte er. »Was willst du mir sonst noch sagen, Libby?«

Libby übersprang die Sklavenversteigerung und ging direkt zur vorigen Nacht. »Ich habe einen entlaufenen Sklaven gesehen, Papa. Ich habe gesehen, wie Caleb seine Fußschellen abgenommen hat.«

»Bist du dir sicher, dass es Fußschellen waren?«

Libby zückte ein Blatt Papier und eine Feder hervor. Froh über den Zeichenunterricht, den sie gehabt hatte, tunkte sie die harte Spitze in die Tinte und zeichnete schnell ein Bild.

Kapitän Norstad lehnte sich nach vorne. »Ja, das sind zweifellos Fußschellen. Es ist schwer vorstellbar, dass du noch vor ein paar Tagen nicht einmal das Gesetz über flüchtige Sklaven kanntest.«

Er betrachtete ihre Zeichnung eingehend. »Kannst du mir verraten, wie du herausgefunden hast, was Fußschellen sind?«

Libby spürte, wie sie rot wurde vor Verlegenheit. Diesen Teil der Geschichte – dass sie Jordan bei der Versteigerung gesehen hatte – wollte sie eigentlich nicht erzählen. Falls sie es täte, würde Caleb dann seine Arbeitsstelle verlieren?

Während sie überlegte, was sie sagen sollte, klopfte jemand an der Tür. Libby war erleichtert.

»Herein«, rief ihr Vater.

Caleb stand da. Als sie ihn sah, verschwand Libbys Erleichterung.

»Willst du mich sprechen?«, fragte der Kapitän, als Caleb sich dem Tisch näherte.

»Gleich, Sir.« Caleb schaute von einem zum anderen. Dann fiel sein Blick auf den Tisch. Libbys Zeichnung lag offen da.

Schnell bedeckte Libby das Bild mit der Hand. Aber es war zu spät. Als sie aufschaute, sah sie, dass Caleb sie wütend anstarrte.

»Was ist los, Caleb?« Der Kapitän lehnte sich in seinem Stuhl zurück, als habe er nichts bemerkt. Aber Libby wusste, dass das nicht stimmte. Die braunen Augen ihres Vaters nahmen alles wahr.

In ihrem ganzen Leben hatte Libby ihn kein einziges Mal zum Narren gehalten.

»Könnte ich mit Ihnen allein sprechen, Sir?«, fragte Caleb.

»Worüber möchtest du denn sprechen?«, antwortete der Kapitän.

»Ich möchte es lieber nicht sagen, Sir.« Calebs Augen streiften Libby und wanderten wieder zum Kapitän zurück.

»Es ist in Ordnung, Caleb«, sagte Kapitän Norstad.

Der Junge schüttelte den Kopf. »Ich werde warten, Sir.«

»Es ist wirklich in Ordnung.« Als ob er sichergehen wollte, dass Caleb ihn verstand, klang der Kapitän überzeugt und selbstbewusst.

Aber Zweifel sprach aus Calebs Augen. Nie zuvor hatte Libby gesehen, dass er zögerte, bevor er sich entschied.

In der Stille tickte eine Uhr. Libbys Gedanken überschlugen sich. *Caleb weiß so viel. Ist er ein sogenannter »Schaffner«?*

Schließlich öffnete Caleb den Mund. »Ich traue Libby nicht, Sir.«

»Aber ich«, antwortete der Kapitän.

Einen Augenblick lang wartete Caleb noch. »Wir haben ein kostbares Buch mit schwarzem Umschlag geladen«, sagte er, als spreche er gegen seinen Willen. »Das Etikett ist verwischt, und ich weiß nicht, wohin ich es senden soll.«

»Sei so gut und bring das Buch hierher«, antwortete Kapitän Norstad.

»Jetzt?« Caleb sah entsetzt aus.

»Gleich nach dem Frühstück. Achte gut darauf, dass dem Buch nichts geschieht.«

Zum ersten Mal, seit sie ihn kennengelernt hatte, konnte Caleb seine Gefühle nicht verbergen. Als hoffe er, dass der Kapitän seine Meinung ändern würde, ging er rückwärts aus dem Zimmer.

Sogar dies bedrückte Libby. Sie merkte, dass niemand so frei mit ihrem Vater sprach wie Caleb. Wie eine gelbe Raupe schlich sich Neid in Libbys Gedanken ein. Sie beneidete Calebs Beziehung zu ihrem Vater.

Als ob er ihre Gedanken lesen könnte, wandte sich Kapitän Norstad wieder an Libby. »Wir müssen über etwas reden – was es heißt, einander zu vertrauen. Vertraust du mir?«

Libby seufzte. »Ich will es. Darum kam ich zu dir, um dir alles zu erzählen, aber –« Die Angst davor, weiterzusprechen, ließ sie innehalten.

»Aber was?«

»Caleb vertraut mir nicht.«

»Das ist etwas anderes«, antwortete ihr Vater.

»So?« Plötzlich war Libby wütend. Wütend über alles, was sie nicht verstand. Alles, wovor sie Angst hatte. Wütend sogar über das Band zwischen ihrem Vater und Caleb.

Bevor sie ihre Worte zurückhalten konnte, sprudelten sie heraus.

»Wieso liebst du Caleb mehr als mich?«

»Ich liebe Caleb nicht mehr als dich.« Papas Stimme war ruhig, aber bestimmt. »Ich liebe euch beide – jeden auf seine Art.«

Als müsse er nach den richtigen Worten suchen, stand der Kapitän auf und schritt im Zimmer auf und ab. Schließlich blieb er neben Libbys Stuhl stehen. Als sie sich weigerte aufzuschauen, streckte er seine Hand nach unten und nahm ihr Kinn in seine Hand. Sanft hob er es.

»Schau mich an, Libby.« Er wartete, bis sie ihren Blick ihm zuwandte.

»Ich liebe dich als eine Tochter, Libby. Du bist unbezahlbar für mich. Ich liebe dich auch als Mensch – als einen sehr besonderen Menschen.«

Wie ein Damm vor einem riesigen Wasserschwall zerbarst etwas in Libby. In den endlosen Monaten zwischen den Besuchen hatte sie zwischen sich und ihrem Vater eine Mauer aufgebaut. Soweit sie zurückdenken konnte, wünschte sie sich seine Liebe.

Immer noch zögerte sie und vermied die wunde Stelle tief in ihrem Innern. »Aber Caleb? Du scheinst –« Libby bemühte sich, die richtigen Worte zu finden. »Du scheinst ihm zu vertrauen.«

Der Kapitän nickte. »Ja. Ich würde Caleb sogar mein Leben anvertrauen.«

»Dein *Leben*?«

»Ja, genau. Ich erkläre das wohl besser.«

Ihr Vater setzte sich Libby gegenüber an den Tisch. »Als Caleb an Bord kam, gab ich ihm anfangs einfache Aufträge, Dinge, die er als Schiffsjunge tun konnte. Schon bald –«

»Fandst du heraus, wie viel er tun kann«, sagte Libby. In den letzten Tagen hatte sie es oft überrascht, wie erwachsen Caleb schien. Manchmal fand sie es schwer zu glauben, dass er erst vierzehn, fast fünfzehn war, nur ein Jahr älter als sie.

»Caleb kann mit Verantwortung umgehen«, erklärte Kapitän Norstad. »Wir haben dieselben Überzeugungen.«

Libby lehnte sich nach vorn. Vielleicht konnte sie herausfinden, was wirklich vor sich ging.

»Caleb und ich teilen denselben Ehrenkodex«, erklärte Papa. »Wir wollen beide für das leben, was wir glauben.«

»Aber was heißt das?« Libby war noch nicht zufrieden.

»Zum einen wollen Caleb und ich entlaufene Sklaven beschützen. Als der Kongress 1850 das Gesetz über flüchtige Sklaven verabschiedete, war es ein schlechtes Gesetz. Viele Christen glauben, dass das Gesetz nicht Gottes Willen für uns entspricht.«

»Ich verstehe das nicht«, sagte Libby.

»Gott sagt uns: ›Liebt einander, wie ich euch geliebt habe.‹ Er will, dass wir alle eine *Gib-nie-auf-Familie* sind, Libby. Er hat uns als gleichberechtigte Menschen erschaffen. Erinnert dich das an etwas?«

Gleich erschaffen. Natürlich! Libby hatte die Worte auswendig gelernt. »Wir halten diese Wahrheiten für ausgemacht, dass alle Menschen gleich erschaffen worden.« Nun bekam der Sinn dieser Worte Leben. »Die Unabhängigkeitserklärung!«

»Ja! Dass wir alle gleich erschaffen wurden«, sagte Papa. »Dass sie von ihrem Schöpfer mit gewissen unveräußerlichen Rechten begabt worden, worunter sind Leben, Freiheit und das Bestreben nach Glückseligkeit.«

»Unveräußerlich?«, fragte Libby. »Ich habe nie gewusst, was das bedeutet.«

»Dass etwas nicht wegzunehmen ist. Niemandem sollten Rechte weggenommen werden«, erklärte Papa.

Am vorherigen Abend hatte Libby Jordan eine wichtige Etappe seines Lebens erreichen sehen.

Aber ich wusste nicht einmal, was das Wort »Freiheit« bedeutet!

Es war wie ein Schock für sie. »Wenn unser Land das glaubt, warum erlauben wir dann Sklaverei?«

Papa lächelte, sagte aber nichts.

In diesem Augenblick realisierte Libby etwas. »Nicht nur unser Land. *Ich.* Vor einigen Tagen sagte ich so dumme Dinge. Wie konnte ich nur die Unabhängigkeitserklärung vergessen? Wie konnte ich mich so verhalten, als ob die Worte nicht wichtig wären?«

Um ihre Gedanken zu ordnen, sprang Libby auf und ging zum Fenster hinüber. Weit unten strömte der Fluss kalt und dunkel. Nun, im Frühling, führte er sehr viel Wasser. Als sie ihm zuschaute, erinnerte sich Libby.

Es ist noch mehr. Etwas, was ich nicht verstehe. Papa weiß nicht alles, was geschieht. Nicht einmal auf seinem eigenen Schiff.

Libby wandte sich wieder an ihren Vater. »Ich habe Angst, Papa«, sagte sie. »Ich will, dass Jordan frei ist, aber ich habe Angst, dass du ins Gefängnis kommst.«

»Es gibt immer ein Risiko, wenn man an etwas glaubt«, antwortete ihr Vater. »Du bist ein großes Risiko eingegangen, als du mit mir gesprochen hast, nicht wahr?«

Libby nickte.

»Unter Umständen muss ich die Kosten für meinen Glauben tragen.«

»Dieser Ehrenkodex, den du und Caleb haben –«

Ein Klopfen ertönte an der Tür. Als sie sich öffnete, streckte Caleb den Kopf ins Zimmer. »Frühstück, Sir.«

Während Libby und ihr Vater die Stufen zu den unteren Decks hinabeilten, erhaschte Libby einen kurzen Blick auf das Ufer, an dem die *Christina* vorbeidampfte. Als sie die große Hauptkajüte betraten, saßen alle schon auf ihren Plätzen. Bis jetzt hatte Libby Omas leckere Frühstücksbrötchen immer gern gegessen. Zum ersten Mal konnte Libby sie kaum hinunterbekommen – sie wollte nur noch, dass das Frühstück endlich zu Ende war.

Sobald sie fertig gegessen hatte, entschuldigte sie sich. Sie stand auf und entfernte sich vom Tisch.

Genau in diesem Augenblick wurde das Schiff von einem lauten Krachen erschüttert. Neben dem Knallen von brechenden Holzplanken ertönte der Schrei einer Frau. Als das Schiff bebte, verlor Libby das Gleichgewicht.

Plötzlich fiel sie zu Boden. Sogar die Bretter unter ihren Händen erzitterten.

Let My People Go!

Ganz in Libbys Nähe rutschte Geschirr vom Tisch. Erneut schrie die Frau. Dann schrie ein Kind auf.

Von schrecklicher Angst erfüllt stieß Libby ihre Arme gegen den Boden. *Warum bin ich hier? Was ist passiert?*

Als sie versuchte, sich aufzusetzen, wurde sie von Panik überwältigt. *Ist das Schiff am Sinken? Was soll ich tun?*

Dann, durch den Schleier ihrer Angst, sah Libby ihren Vater. Er stand neben seinem Tisch und bat um Aufmerksamkeit. Kapitän Norstad sah erstaunlich ruhig aus.

Als Libby sich aufrappelte, bemerkte sie, dass der Boden wie gewöhnlich an Ort und Stelle war. Er schien auch genau waagerecht zu sein. Das Geräusch der Motoren hatte aufgehört, aber das Schiff war nicht auf eine Seite geneigt.

»Seien Sie ruhig, bitte«, rief der Kapitän mit seiner kräftigen Stimme. »Es gibt keinen Grund zur Panik.«

Als der Erste Offizier in den Raum eilte, verbreitete sich eine unsichere Stille unter den Passagieren. Einen Augenblick lang hörte Kapitän Norstad Herrn Bates zu.

Als der Offizier wieder wegging, teilte Kapitän Norstad den Passagieren mit: »Ich bin froh, Ihnen versichern zu können, dass kein ernsthafter Schaden entstanden ist. Ein treibender Baumstamm blieb an einem der Schaufelräder hängen. Der Schaden macht uns langsamer, aber er ist nicht gefährlich. Sie werden bald in Burlington sein.«

Einer nach dem anderen setzten sich die Passagiere. Bald war die Kajüte wieder von Stimmengewirr erfüllt.

Immer noch beunruhigt, folgte Libby ihrem Vater hinaus auf das Deck. Als sie das zerbrochene Schaufelrad erreichten, sah der Schaden noch größer aus, als Libby erwartet hatte. Das Gehäuse – der gewölbte Holzkasten, der das Rad umgab – war teilweise irreparabel zersplittert.

Durch die entstandene Lücke konnte Libby ins Schaufelrad hinuntersehen. Zertrümmerte Radarme zeigten in alle Richtungen.

»Weshalb ist der Schaden so groß?«, fragte Libby, als Caleb neben ihr stehen blieb. Einen Augenblick lang hatte sie den Ärger zwischen ihnen vergessen.

»Das Rad muss den Baumstamm herumgeworfen haben, als er hängen blieb«, erklärte Caleb ihr.

Der Schaden sah so schlimm aus, dass Libby sich nicht vorstellen konnte, dass sie noch weiterfahren konnten.

Caleb erklärte auch das. »Wir haben zwei Motoren. Jeder Motor treibt ein Rad an. Wir können mit dem Motor und dem Schaufelrad auf der anderen Seite bis nach Burlington gelangen.«

Caleb sah nicht mehr wütend aus, aber nun senkte er seine Stimme. »Vergiss nicht, was ich dir letzte Nacht gesagt habe.«

»Wegen Jordan?« Libby flüsterte, aber Caleb bedeutete ihr trotzdem, still zu sein.

»Es ist sein Leben, weißt du. Erzähl es niemandem außer deinem Vater. Keiner einzigen Person mehr.«

Tausend Fragen lagen Libby auf der Zunge. *Es ist okay, dass ich es Papa erzählt habe? Warum kann ich es dann niemand anderem sagen?* Als Libby sich entfernte, um nach Samson zu sehen, gingen ihr diese Fragen durch den Kopf.

Als sie sah, dass mit dem Hund alles in Ordnung war, ging Libby zur Kajüte ihres Vaters. Obwohl sie wusste, dass er Pläne für das zerbrochene Schaufelrad machen musste, wurde sie mit jeder Minute Verzögerung ungeduldiger. Kurz nachdem Libby einen Motor anspringen hörte, betrat der Kapitän die Kajüte.

Caleb war gleich hinter ihm. »Möchten Sie das schwarze Buch immer noch sehen?« Als Kapitän Norstad nickte, eilte Caleb hinaus. Bald kehrte er zurück.

»Das ist Jordan Parker«, stellte Caleb Jordan vor, als er den großen jungen Mann in die Kajüte brachte.

Jordans neu aussehende Hosen schleiften am Boden und bedeckten seine nackten Füße fast vollständig. *Verdecken diese langen Hosen Wunden, die durch die Fußschellen verursacht wurden?*, fragte sich Libby.

»Jordan möchte auf der *Christina* bleiben«, fuhr Caleb fort.

»Du weißt, dass das gefährlich ist«, sagte der Kapitän zu Jordan.

Der junge Mann nickte. »Ja, Sir.« Als sei er immer noch auf der Treppe des Gerichtsgebäudes, stand er gerade und zu seiner vollen Größe aufgerichtet da. Doch sein Blick war auf den Boden gerichtet.

»Wenn wir dich in Quincy oder sonst wo in Illinois abladen, könntest du den Staat mit der ›Untergrundbahn‹ durchqueren. Beim Michigansee würde dich der Kapitän eines Dampfschiffs an einen Ort führen, von wo aus du nach Kanada gelangen könntest. Du hättest deine Freiheit.«

Plötzlich wurde Libby wieder von einer Woge ängstlicher Gedanken überwältigt. *Wenn Jordan entdeckt wird!* – Die Gefahr flößte ihr Angst ein. Doch Papa, Caleb und Jordan – keiner der drei verhielt sich so, als geschehe etwas Ungewöhnliches.

»Warum willst du an Bord bleiben?«, fragte der Kapitän Jordan.

»Vor Weihnachten, Sir, Old Massa verkaufen mein Vater. Mamma und ich – wir haben keine Ahnung, wo er ist. Aber wir wollen weglaufen, bevor Old Massa den Rest von uns verkaufen. Bevor er meine Schwestern und mein Bruder nehmen und sie aus den Armen meiner Mamma reißen.«

Libby zuckte zusammen.

»Während ich versucht, ein Weg zur Flucht für uns zu finden, Old Massa verkaufen Mamma und meine Schwestern und mein Bruder. Verkauft sie in den Norden hinauf, von wo ich ist. Während ich immer noch am Überlegen bin, wie sie zu sammeln und zu rennen, Old Massa stirbt.«

»Und du wurdest in Saint Louis verkauft?«, fragte Kapitän Norstad.

»Ja, Sir.«

»Jordan ist seinem neuen Herrn davongelaufen«, erklärte Caleb. »Dem Sklavenhändler Riggs.«

»Riggs?« Ein schmerzvoller, wütender Blick machte sich auf Kapitän Norstads Gesicht bemerkbar. »Du bist Riggs entkommen?«

»Ja, Sir. Und nun ich will zurückgehen, Sir.«

»Zu einem Mann wie Riggs?« Kapitän Norstad klang verwirrt.

Jordan schüttelte den Kopf, aber er schaute immer noch zu Boden. »Nein, Sir. Ich will meine Schwestern und mein Bruder herausbringen. Mamma kann es nicht allein. Ich muss sie über den Fluss bringen.«

»Ins Gelobte Land?« Libbys Vater schien die Antwort zu wissen.

Aber Libby dachte darüber nach. Der Mississippi floss zwischen dem Sklavenstaat Missouri und dem freien Staat Illinois. War es das, was Papa meinte?

Dann erinnerte sie sich. Vor langer Zeit hatte ihre Mutter ihr von Mose erzählt, der die Israeliten aus der Sklaverei in Ägypten befreite. Vierzig Jahre später führte Josua sie über den Fluss Jordan nach Kanaan, ins Gelobte Land.

Ein Lächeln huschte über Jordans Gesicht. »Ja, Sir. Als ich geboren wurde, Mamma nannte mich Jordan. Ich war erst 'n kleiner Junge, als sie sagen: ›Jordan, du wird unser Volk über den Fluss führen. Du wird unser Volk ins Gelobte Land führen.‹

›Was meinst du, Mamma?‹, frage ich sie. Bald ich musste nicht mehr fragen. Ich glaubte, dass was meine Mamma mir sagen, wahr sein würde.«

Als sähe Libby Jordan immer noch auf der Treppe des Gerichtsgebäudes, erinnerte sie sich. Irgendwie hatte sie gespürt, dass er wusste, was er mit seinem

Leben tun wollte. *Ziel*, nannte Libby es. *Jordan hat ein Ziel in seinem Leben.*

Kapitän Norstad lehnte sich nach vorn. »Wie wollten deine Mutter und du das Gelobte Land erreichen?«

»Wir wollten dem Nordstern folgen, Sir. Wir wollten die Männer mit den breitkrempigen Hüten finden. Mamma sagen: ›Wenn wir dort hinkommen, wir sicher sein. Jene Männer mit breitkrempigen Hüten, sie zeigen uns, wie wir zum Gelobten Land kommen.‹«

»Und nun?«, fragte der Kapitän. »Was ist dein Plan?«

»Caleb sagen, wir gehen nahe zu den Leuten mit den breitkrempigen Hüten.«

»Die Quäker bei Salem in Iowa?«, fragte Kapitän Norstad.

Caleb nickte.

»Ich will dort gehen, Sir. Ich will wissen, ob Mamma meine Familie herausgebracht hat.«

»Aber was ist, wenn sie nicht in Salem sind?« Die dunklen Augen des Kapitäns blickten besorgt. »Du wirst von Sklavenfängern gesucht. Sie wissen, dass wenn sie dich in Missouri nicht gefunden haben, du in Iowa oder Illinois sein wirst. Es ist bestimmt eine riesige Belohnung auf deinen Kopf ausgesetzt.«

Jordan schaute immer noch auf den Boden und zuckte mit den Schultern.

»Das Risiko, dass du in die Sklaverei zurückgeführt wirst, ist sehr hoch«, warnte der Kapitän. »Wenn du das Schiff verlässt, kann ich dich nicht beschützen.«

Zum ersten Mal vergaß sich Jordan und schaute auf.

»Es ist ein Risiko, das ich muss eingehen, Sir. Wie kann ich frei sein, wenn meine Familie nicht frei ist?«

Als es im Zimmer still wurde, stand Kapitän Norstad auf und schritt um den Tisch. Aus langer Erfahrung wusste Libby, dass er nachdachte.

Schließlich hielt der Kapitän vor Jordan an. »Ich brauche noch einen Schiffsjungen wie Caleb. Möchtest du den Job?«

Erstaunen machte sich auf Jordans Gesicht breit. »Ja, Sir! Dann kann ich also bleiben?«

»Du kannst bleiben. Falls irgendjemand fragt, was du hier tust, sag einfach, dass du mein Schiffsjunge bist. Für jeden Tag, den du arbeitest, gebe ich dir einen Tageslohn.«

»Sie *zahlen* mich, Sir?« Jordan sah aus, als könne er ein solches Angebot nicht glauben. »Nehmen Sie mich auf 'n Arm, Sir?«

Kapitän Norstad schüttelte den Kopf. »Aber du musst mir etwas versprechen.«

»Ja, Sir.«

»Immer wenn wir anlegen, gehst du hinunter und hilfst Herrn Osborne. Er arbeitet dort, wo Caleb deine Fußschellen abgenommen hat.«

Der Maschinenraum, dachte Libby. *Dort kann Jordan vom Ufer aus nicht gesehen werden.*

Das kurze, verständnisvolle Aufblitzen in Jordans Augen sagte Libby, dass er genau wusste, wovon der Kapitän sprach.

***

Als Caleb und Jordan das Zimmer verließen, blieb Libby am Tisch sitzen. Einen Gedanken konnte sie einfach nicht beiseiteschieben. *Caleb kennt Papa besser als ich!*

Erneut spürte Libby einen Anflug von Eifersucht. Sie war sich nicht sicher, was sie dagegen tun sollte. Sie wollte einfach die Zeit nachholen, die sie und ihr Vater verloren hatten.

»Papa?«, fragte Libby. Sie musste ihm etwas sagen, aber sie wusste nicht, wo sie anfangen sollte. »Weißt du, was du mir vorhin gesagt hast?«

So viel war inzwischen geschehen, aber Kapitän Norstad verstand. »Dass ich dich liebe.«

»Ich liebe dich auch, Papa«, sagte Libby.

Als ihr Vater seine Arme ausbreitete, ließ sie sich von ihm umarmen. Libby war froh, dass er ihr die Worte in den Mund gelegt hatte.

***

Oft legte die *Christina* auf ihrem Weg flussaufwärts etwa 16 Kilometer pro Stunde zurück. Nun, da nur ein Schaufelrad benutzt werden konnte, schien sich der Dampfer nur so dahinzuschleppen. Doch dank des Steuerruders blieb die *Christina* auf geradem Kurs gegen die Strömung.

Später an diesem Nachmittag, als Libby um das »Texas« herumging, sah sie auf dem Texasdeck Caleb und Jordan. Hier, wo die Passagiere und ein Großteil der Mannschaft nicht hinkamen, zog Jordan sein Hemd aus. Auf der Sonnenseite des Decks saß er so, dass sein Rücken der warmen Frühlingssonne zugewandt war.

Als Libby zuschaute, tunkte Caleb ein Tuch in eine Schüssel sauberes Wasser. Als Libby sich zurückziehen wollte, rief er sie. »Es ist in Ordnung«, sagte er schnell. »Du kannst kommen.«

Nachdem sie ein paar Schritte nähergekommen war, sah Libby, was Caleb tat. Sanft wusch er große, offene Wunden aus, die quer über Jordans Rücken verliefen.

Libby stockte der Atem. *Spuren von Peitschenhieben!*

Jordan drehte sich um und schaute ihr ins Gesicht. »Ich will kein Mitleid nich'.«

»Ich bemitleide dich nicht«, antwortete Libby schnell. »Du hast meinen Respekt.« *Und ich bin betroffen*, fügte sie bei sich selbst hinzu.

»Riggs schlug ihn«, erklärte Caleb.

Libby brauchte keine Erläuterung. Die roten Linien kreuzten sich auf Jordans Rücken, als sei die Peitsche mal so herum, dann andersherum gelegt worden. *Passierte das, wenn man nur eine Nacht Riggs gehörte?*

Libby getraute sich kaum zu atmen, als sie daran dachte, was sie einmal über Sklaverei sagte. *Wie konnte ich nur so dumm sein?* Obwohl Jordan nicht wusste, was sie gesagt hatte, wollte Libby ihm sagen, dass es ihr leidtat. Doch sie brachte die Worte nicht heraus.

»Hasst du Riggs nicht?«, fragte sie stattdessen.

Sie wollte die Augen schließen und dem Anblick von Jordans Rücken entfliehen. Doch irgendwie wusste Libby, dass Caleb sie in etwas prüfte, was sie nicht verstand. Wenn sie den Test bestehen wollte, musste sie bleiben.

Trotzdem ging Libby um Jordan herum, damit sie seinen Rücken nicht sehen konnte. »Hasst du Riggs nicht?«, fragte sie erneut.

»Ich will wütend sein.« Jordan schaute sie nicht an.

Seine Worte erinnerten Libby an das kurze Aufblitzen seines Zorns, das sie bei der Versteigerung bemerkt hatte.

»Ich will ihn von ganzer Seele hassen –«, fuhr Jordan fort. »Aber wenn ich ihn hasse – «

Sogar wenn er auf dem Deck saß, sah Jordan noch groß aus. Er hielt seine Hand etwa einen Meter über den Brettern. »Als ich nur so hoch war, mein Daddy sagte zu mir: ›Jordan, du wird viel Schmerzen haben im Leben. Egal, was mit dir passiert, hasse du nicht.‹«

»Hasse nicht?«, sprudelte es aus Libby heraus. Wie konnte Jordan anders, als jemanden zu hassen, der ihn auf solche Weise ausgepeitscht hatte?

»›Jordan‹, sagen mein Vater, ›das Hassen raubt deinen Knochen Stärke, macht dich blind, wenn du kämpfen muss. Wenn du vergibst, du stark sein.‹«

»Vergeben? Wenn du so behandelt wirst?« Ohne Vorwarnung stiegen Libby Tränen in die Augen. Sie versuchte zu sprechen, zu sagen, dass es ihr leidtue, was Jordan zugestoßen war. Erneut fand sie nicht die richtigen Worte.

Aber Caleb versuchte es. »Ich weiß nicht, ob ich so vergeben könnte.«

Jordan drehte sich um und schaute ihn von unten an. »Sie könnten es, Herr Caleb. Wenn Sie keine Wahl haben, Sie könnten es.«

»Aber wie?« Sogar für ihre eigenen Ohren klang Libbys Stimme schwach angesichts der Unmöglichkeit einer solchen Handlungsweise.

»Ich sagt mir selber, dass ich vergeben wird«, antwortete Jordan. »Bei jedem Peitschenhieb ich flüstere zu mir selber: ›Ich vergibt dir, weißer Mann.‹ Dann erinnere ich mich daran, was meine Mamma vor langer Zeit sagen. ›Niemand anders wird so leiden. Jordan, du wird dein Volk aus Ägypten führen.‹«

Ägypten. Dort, wo das Volk Israel in der Sklaverei gelitten hatte, so wie Jordan. Als Libby aufschaute, bemerkte sie, dass Caleb sie immer noch beobachtete. Sie fragte sich, ob sie diesen Test bestanden hatte.

Danach dachte sie nicht mehr an Caleb. Sie litt einfach mit Jordan. In ihrem Innersten war sie zutiefst betrübt darüber, was seinem Volk zugestoßen war.

Aber Jordan schien sie und Caleb vergessen zu haben. Als greife er auf eine Welt zurück, die ihm allein gehörte, schloss er die Augen und fing an zu summen. Dann begann er zu singen. Libby lehnte sich nach vorn, um die Worte zu verstehen.

»When Israel was in Egypt land –« (»Als Israel in Ägypten war –«)

Jordans Lippen bewegten sich flüsternd. *»Let my people go!« (»Lass mein Volk ziehen!«)*

»Oppressed so hard they could not stand –« (»So stark unterdrückt, dass sie nicht stehen konnten –«)

Sich hin- und herwiegend, schien Jordan sich selbst zu vergessen.

»Let my people go!« (»Lass mein Volk ziehen!«) Am liebsten hätte Jordan diese Worte laut herausschreien mögen!

»Go down, Moses,
Way down in Egypt land –
Tell ole Pharaoh
Let my people go!«

(»Geh hinab, Mose,
den Weg nach Ägypten hinab –
Sag es dem alten Pharao:
Lass mein Volk ziehen!«)

Trotz der Spuren, die die Peitsche auf seinem Rücken hinterlassen hatte – oder vielleicht gerade wegen ihnen – sang Jordan weiter. Als er endlich seine Augen öffnete, sah Libby das frohe Licht der Hoffnung.

Riggs!

Es ist zu gefährlich für dich, dorthin zu gehen«, sagte Caleb zu Jordan, als die *Christina* in Richtung Burlington dampfte.

Die zwei Jungen und Libby saßen wieder auf dem Texasdeck und sprachen über die Gemeinde der Quäker von Salem. Salem lag im Südosten Iowas und war somit nicht weit vom Sklavenstaat Missouri entfernt.

»Wenn Mamma die Leute mit den breitkrempigen Hüten fand, ich sie finden kann«, antwortete Jordan, ohne Caleb anzusehen.

»Ich werde deine Mutter für dich ausfindig machen«, versprach Caleb. »Oma und ich haben für einige Zeit in Burlington gewohnt. Ich stelle zuerst dort Fragen. Dann gehe ich nach Salem.«

Aber Jordan schüttelte den Kopf. »Wenn du Mamma findest, sie weiß nicht, ob sie dir kann trauen. Sie wird Angst haben zu kommen.«

»Es könnte sein, dass Riggs ein schnelleres Boot genommen hat«, warnte Caleb ihn. »Er ist vielleicht bereits in Burlington und sucht dich.«

Das Risiko schien Jordan nicht abzuschrecken. »Ich muss Mamma selbst finden.«

Caleb seufzte. »Du weißt, was im Gesetz über flüchtige Sklaven steht. Ein Sklavenbesitzer kann überall einen Suchtrupp aufbieten – sogar in einem freien Staat wie Iowa. Wo immer du auch bist – Riggs kann dich zur Strecke bringen.«

Ein Trupp? Habe ich einen solchen in meiner ersten Nacht in Burlington gesehen?, fragte sich Libby.

»Ich kennt die Gefahr, Herr Caleb.«

»Herr Caleb?« Caleb lehnte sich nach vorn, um Jordan dazu zu bringen, ihn anzuschauen. »Ich finde es nicht richtig, dass du mich so nennst. Kannst du mich nicht einfach Caleb nennen?«

Es herrschte ein kurzes Schweigen zwischen ihnen, während Jordan darüber nachzudenken schien. »Es ganz schön schwierig sein«, sagte er schließlich. »Aber ich kann's versuchen.«

»Gut!«, meinte Caleb. »Nun, du sagtest, du kennst die Gefahr.«

»Ja, Sir«, Jordan hielt inne. Zum ersten Mal schaute er Caleb in die Augen. »Ja, Caleb. Ich kennt die Gefahr, aber der Herr, Er ist mein Schutz.«

Darauf wandte Caleb nichts mehr ein. »Dann haben wir drei Tage. Kapitän Norstad sagt, dass die Reparatur des Schaufelrads so lange dauert. Wir müssen am dritten Abend zurück sein, damit er die verlorene Zeit aufholen kann.«

Drei Tage, dachte Libby. Im Augenblick kam ihr das wie eine Ewigkeit vor. Was konnten drei Tage für Jordan bedeuten? Was, wenn er seine Mutter und seine Geschwister fand? Aber für Papa, der das erste Frühlingsgeschäft auf dem Fluss nutzen wollte, waren drei Tage eine lange Zeit.

Als die *Christina* sich nach Burlington geschleppt hatte, drängten sich die Immigranten an Bord zur Reling. Wie eine Riesenwelle strömten sie die Anlegeplanke hinunter. Für sie war Burlington die Tür in den neuen Staat Iowa und die Territorien dahinter. Hier würden sie ein Zuhause aufbauen und ein neues Leben beginnen. Doch für Jordan bedeutete das Betreten von Burlington vielleicht gerade das Gegenteil – den Verlust seiner hart erkämpften Freiheit.

Von ihrer Kajüte aus schaute Libby zu, wie sich Caleb und Jordan unter die Einwanderer am Anlegeplatz mischten. Als sie den Weg die Straße hinauf einschlugen, gingen sie voneinander getrennt. Doch Caleb drehte sich immer wieder um, um Jordan nicht aus den Augen zu verlieren.

Libby fasste einen Entschluss. Schnell steckte sie Papier und einen Stift in eine Tasche ihres Rockes. Auf einer Seite ihrer Kajüte spähte Libby aus dem Fenster. Samson lag gleich davor auf dem Deck.

Lautlos öffnete Libby die Tür auf der gegenüberliegenden Seite, glitt hindurch und schloss die Tür hinter sich. Mit ihren Schuhen in den Händen schlich sie die kurze Leiter hinunter und verursachte nur einen leichten dumpfen Aufschlag auf dem darunterliegenden Deck. Aber als sie auf Zehenspitzen zur nächsten Treppe ging, hörte sie das sanfte Tappen von Pfoten, die hinter ihr das Deck überquerten.

Libby wirbelte herum. »Samson! Was tust du hier?«

Mit weit geöffnetem Maul schien Samson sie anzulachen. Sein Schwanz wedelte, wie um zu sagen: »Wir sind Freunde, nicht wahr?«

Libby seufzte. »Okay, du kannst kommen. Aber nur bis zur Anlegeplanke.«

Samson senkte den Kopf, als verspreche er zu gehorchen. Als Libby die Anlegeplanke erreichte, drehte sie sich um. »Sitz!«

Samson ließ sich auf sein Hinterteil fallen. Er wedelte mit dem Schwanz, der gegen das Deck schlug.

»Guter Hund!« Libby streichelte Samsons Kopf. »Guter Junge!« Als Libbys Arm in seine Reichweite kam, leckte Samson ihn ab.

»Ich kenne deine Tricks!«, rief Libby. Als Samson sich rührte, befahl sie: »Bleib!« Als sei er über den Befehl betrübt, neigte der Hund den Kopf.

»Bleib!«, sagte Libby ihm noch einmal. Diesmal entfernte sie sich. Der Hund gehorchte.

Als Libby den Anlegeplatz erreichte, drehte sie sich um und schaute zurück. Mit traurigen, dunklen Augen sah Samson zu, wie Libby ihn zurückließ.

An Land erblickte Libby Caleb und Jordan bald. Jordan ging immer noch etwas hinter Caleb. Libby blieb gerade so weit hinter ihnen, dass keiner der Jungen sie sah.

Vom Fluss aus zogen sich die Straßen Burlingtons die Kliffe und Hügel hinauf. Mehrere Schluchten – schmale Täler zwischen den Hügeln – zerteilten das Land. Durch einige dieser Schluchten führten morastige Straßen, auf denen Farmer mit ihren Pferden und Wagen in die Stadt kamen. Tiefe Furchen zeigten an, wo Ochsen die bedeckten Wagen der Pioniere nach Westen gezogen hatten.

Um Libby herum waren die Straßen stark belebt. Männer, Frauen und Kinder eilten in die Läden und wieder hinaus. Ab und zu ging Caleb auch in einen Laden, um Fragen zu stellen. Jordan blieb jeweils draußen und mischte sich unter die herumstehenden Leute. Wenn Caleb weiterging, folgte Jordan in kurzer Entfernung.

Groß und selbstbewusst, wie er war, schienen seine Schritte zielgerichtet. Mehrmals drehten sich Köpfe nach ihm um. Libby fühlte sich dadurch nicht beunruhigt, bis sie auf der Erde ein Blatt Papier entdeckte. Schnell griff sie danach.

$ 200.00 Belohnung.

Vom Unterzeichnenden entlaufen:
ein schwarzer Junge namens JORDAN PARKER, ungefähr 15 oder 16 Jahre alt, 1,80 m bis 1,85 m groß, zuletzt mit zerlumptem Baumwollhemd und verwaschenen blauen Hosen gesehen.
Es wird angenommen, dass er nach Iowa oder Illinois geht. Ich offeriere hundert Dollar, wenn im Staat Missouri gefangen, oder oben genannte Belohnung, wenn außerhalb dieses Staates und für mich festgehalten ...

Als Libby das Ende der Anzeige erblickte, sprang ihr der Name *Riggs* ins Auge. Ohne den Rest zu lesen, stopfte sie das Blatt in ihre Tasche. Auch wenn ein Abolitionist – jemand, der gegen Sklaverei war – diese Anzeige abgerissen hatte: Wie viele waren noch da? Wie viele Leute hatten diese Beschreibung Jordans gesehen? Wie viele von ihnen wollten die große Geldsumme haben, die er einbringen würde?

Von Panik erfüllt lief Libby so schnell, wie sie konnte, ohne die Aufmerksamkeit auf sich zu lenken. Jordan und Caleb mussten gewarnt werden.

Sie waren weniger als ein Block von ihr entfernt, als Libby vor sich einen Mann erblickte, der ihr vertraut vorkam. Ein hoher Hut verbarg sein Gesicht und seine Haare. Er war klein und drahtig und sah aus, als handle er immer schnell, wenn er etwas anpackte.

Jedes Mal, wenn Caleb und Jordan anhielten, hielt auch der Mann an. Immer, wenn sie weitergingen, blieb er gerade in der richtigen Entfernung zu ihnen stehen, um sie noch zu sehen. Da Libby dasselbe getan hatte, musste sie es zwangsläufig bemerken.

Mit zunehmendem Unbehagen bewegte sie sich langsam näher an ihn heran. Der Mann trug einen teuren Anzug und hielt einen Stock mit einem goldenen Griff in der Hand.

Als sie ihn sah, zog sich Libbys Magen vor Angst zusammen. Das nächste Mal, als der Mann anhielt, schob sie sich so weit nach vorn, dass sie sein Gesicht sehen konnte. Libbys Magen schlug Purzelbäume.

Der Sklavenhändler, Riggs! Jordans Besitzer!

Dann ging Riggs weiter. *Worauf wartet er?*, fragte sich Libby von Panik ergriffen. *Will er mehr Männer, um Jordan zu ergreifen?*

Als Riggs anhielt, um in ein Ladenfenster zu schauen, eilte Libby an ihm vorbei. Mit schnellen Schritten bog sie kurz hinter Jordan um eine Ecke. Sobald sie nicht mehr in Sichtweite des Sklavenhändlers war, begann Libby zu laufen.

»Wo ist Caleb?«, fragte sie, als sie Jordan einholte. Jordan wies mit dem Kopf zu einem Laden.

»Hol ihn!«, befahl Libby. »Schnell!«

Als Jordan den Laden betrat, folgte Libby kurz darauf. Im vorderen Bereich befanden sich viele Leute. Caleb stand bei ihnen, als stünde er an, um mit dem Ladenbesitzer zu sprechen.

Als Caleb Libby und Jordan sah, ging er in den hinteren Teil des Ladens, wo keine Leute waren. Libby eilte ihm nach, während Jordan einen anderen Gang entlangging.

»Caleb«, flüsterte Libby, als sie ihn erreichte.

Er runzelte die Stirn. »Was tust du hier?«

»Ich muss dir unbedingt etwas sagen.«

»Geh zur *Christina* zurück. Du kannst nicht mit uns kommen.«

»Riggs ist draußen«, antwortete Libby, als Jordan zu ihnen stieß.

»Riggs?« Jordans Augen weiteten sich.

Caleb glaubte Libby nicht so schnell. »Bist du dir sicher?«

»Ich würde diesen Mann nie vergessen.«

»Dann sag mir, wie er aussieht.« Caleb klang immer noch misstrauisch.

Libby kniete sich hin, nahm Stift und Papier hervor und machte eine Skizze, wobei sie den Boden als Unterlage benutzte. Mit schnellen, sicheren Strichen zeichnete sie den hohen Hut, die tiefen Linien im Gesicht des Mannes und dann seine grausamen Augen.

»Das ist allerdings Riggs«, sagte Caleb.

»Und schau!« Libby zog die Anzeige hervor.

Während Caleb die Anzeige las, beobachtete Jordan die Vordertür. »Da ist er!« Augenblicklich wandte Jordan Riggs den Rücken zu.

»Bleib unten, Libby«, warnte Caleb. »Mir nach!« Als sei alles in Ordnung, ging Caleb den Gang entlang, bis er hinter einem Stapel hoher Kisten stand. Libby kroch ihm nach.

Als Jordan die Kisten erreichte, war auch er vor Riggs versteckt. Caleb ließ sich auf seine Hände und Füße fallen, und Jordan tat dasselbe. Zusammen schlichen die drei den Rest des Gangs entlang und um die Ecke. Auf halbem Weg zum nächsten Gang kamen sie zur Hintertür.

Immer noch kriechend, stieß Caleb die Tür auf und schlüpfte hindurch. Jordan und Libby waren direkt hinter ihm.

Einmal draußen, begannen sie zu rennen. Einen Häuserblock hinunter, dann einen anderen hinauf. Durch einen Hinterhof auf eine andere Straße. Mehrmals bellte ein Hund oder muhte eine Kuh. Aber Caleb lief weiter die steilen Hügel von Burlington hinauf, bis Libby außer Atem war.

Als Caleb endlich anhielt, hatten sie so viele Kurven und Biegungen gemacht, dass Libby nicht mehr wusste, wo sie war. Als sie sprechen wollte, zog Caleb sie zwischen eine Scheune und einen Schuppen. Jordan glitt in die Schatten neben ihnen.

Augenblicke später hörten sie, wie jemand an ihnen vorbeirannte. Jordan blickte um die Ecke. »Es ist Riggs.«

»Lass uns umkehren«, flüsterte Caleb, als die Schritte sich entfernten.

Jordan nickte. Die zwei Jungen rannten vor, Libby folgte ihnen. Durch Hintergässchen rannten sie, diesmal hinunter. Nach ein, zwei Häuserblocks änderten sie die Richtung. Libby folgte ihnen mit schmerzenden Beinmuskeln durch eine Schlucht und einen steilen Hügel hinauf.

Als Caleb schließlich anhielt, standen sie vor der Hintertür eines großen, weißen Hauses. Schnell klopfte Caleb mit einem ungewöhnlichen Rhythmus an. Als niemand antwortete, klopfte er noch einmal auf dieselbe Weise. Es war ein Signal, das war Libby klar. Konnte sie es sich merken?

Einen Augenblick später öffnete sich die Tür. Als Libby eilig eintrat, blickte sie zurück. Gleich hinter dem Hof befand sich eine Scheune. War jemand hinter der Ecke verschwunden?

Ich habe es mir nur eingebildet, entschied sich Libby. *Nach all den Kurven, um die wir gelaufen waren – wie hätte uns da noch jemand folgen können?*

Im Haus wurden sie von einer Frau durch eine Diele geführt. Nach dem hellen Sonnenlicht mussten sich Libbys Augen erst an das Dämmerlicht gewöhnen. Aber Caleb bewegte sich, als kenne er den Weg genau.

»Warum sind wir hier?«, flüsterte Libby.

»Um Pastor Salter zu treffen.«

»Wer ist das?«

»Er war früher mein Pfarrer«, erklärte Caleb. »Als wir in Burlington wohnten, gingen wir in die Kongregationalisten-Kirche.«

»Er ist also gegen Sklaverei«, vermutete Libby. »Hast du hier gelernt, sie zu verabscheuen?«

Caleb bedeutete ihr, still zu sein. »Du redest zu viel.«

Die Frau führte sie in ein mit Büchern gefülltes Zimmer. Von einem Fenster an der Ostseite aus konnte man die Stadt und den Fluss überblicken.

Als Pastor Salter sie willkommen hieß, schien sein Gesicht vor Interesse zu leuchten. Caleb stellte Libby und Jordan vor.

»Na, Caleb«, sagte der Pastor, nachdem sich alle gesetzt hatten. »Ich habe dich lange nicht gesehen. Wie geht es dir?«

Als spreche er zu einem alten Freund, grinste Caleb. »Immer noch den Mississippi rauf und runter unterwegs. Finde immer noch neue Aufgaben.«

Er deutete mit dem Kopf auf Jordan, und Pastor Salter schien ihn zu verstehen. »Seid ihr verfolgt worden?«, fragte er.

Caleb nickte. »Von einem Sklavenhändler, Jordans Besitzer. Wir könnten ihm entwischt sein, aber ich bin mir nicht sicher. Wenn er Sie kennt, weiß er, wo er suchen muss.«

Ein Lächeln erhellte die Augen des Pastors. »Ja, er weiß, wo er suchen muss.« Als Caleb die Geschichte erzählte, hörte Pastor Salter gespannt zu.

»Falls deine Mutter hier durchgekommen ist, habe ich sie nicht gesehen«, sagte er schließlich zu Jordan. »Willst du, dass Caleb für dich nach Salem geht?«

Jordan schüttelte den Kopf. »Wenn er Mamma findet, sie wird gefürchtet sein, ihm zu trauen.«

»Es ist sehr gefährlich für dich, dorthin zu gehen«, warnte der Pastor.

»Der Herr, Er geht vor mir her.« Ein Licht schien in

Jordans schwarzen Augen, als ob er keine Angst verspürte.

»Ja«, antwortete der Pastor, als sei auch er von dieser Wahrheit überzeugt. »Und du, Libby? Gehst du mit ihnen?«

Libby warf einen Blick auf Caleb in der Erwartung, dass er »Nein« sagen würde. Stattdessen sagte Caleb: »Wenn du willst, nehme ich dich mit.«

»Du nimmst mich mit?« Libby war überrascht. *Vielleicht traut mir Caleb trotzdem*, dachte sie.

Dann klärte Caleb Pastor Salter auf. »Wir glauben nicht, dass der Sklavenhändler Libby gesehen hat. Aber falls er ihr jetzt folgt, führt sie ihn zur *Christina*.«

Libbys Hoffnungen zerbrachen in tausend Stücke. *Du hast Angst, dass ich dich verraten werde, Caleb Whitney. Du traust mir immer noch nicht!*

Tante Vis Worte verfolgten Libby. »Ich bin nahe daran, dieses Mädchen aufzugeben«, hatte sie gesagt. *Empfand Caleb dasselbe?*

Dann unterbrach Pastor Salter Libbys Gedanken. »Gerade jetzt ist eines meiner Gemeindemitglieder in der Scheune. Er hat eine Menge Saatkartoffeln, die ihr nach Salem bringen könnt.«

Als habe er einen solchen Plan erwartet, grinste Caleb.

Er weiß so viel, dachte Libby. *Er muss zur »Untergrundbahn« gehören.*

»Ich werde deinem Vater eine Nachricht schicken«, sagte der Pastor an Libby gewandt. »Er muss wissen, was geschieht. Er ist Kapitän der *Christina*, nicht wahr?«

»Woher wissen Sie das?«, fragte Libby.

»Ich respektiere deinen Vater. Ich schätze ihn als einen fähigen Kapitän und als einen Mann Gottes.«

Ein Mann Gottes, dachte Libby. *Was heißt das?* Sie liebte ihren Vater, aber nach dem, was Pastor Salter sagte, schien Papa ein Heiliger zu sein. Libby hatte ihn noch nie so gesehen.

»Wir brauchen Bretter, Sir«, sagte Caleb, »und einen Hammer und Nägel.«

»Nehmt einfach in der Scheune, was ihr braucht«, antwortete der Pastor. »Aber zuerst will ich für euch alle beten.«

Als er den Kopf neigte, neigte Libby ihren auch. Doch sie schaute verstohlen um sich. Dann schlossen Caleb und Jordan die Augen, und Libby dachte, es sei das Beste, wenn sie es ihnen gleichtat.

Mit überzeugter Stimme betete der Pfarrer. »Herr, wir bitten dich um Hilfe für Caleb und Jordan und Libby, dass sie wissen, wohin sie gehen sollen. Gib ihnen Licht, wenn sie Licht brauchen, und Dunkelheit, wenn sie Dunkelheit brauchen. Kleide sie mit deiner Verkleidung.«

Als Pastor Salter innehielt, überschlugen sich Libbys Gedanken. *Er betet, als erwarte er wirklich, dass Gott etwas tut!*

»Befreie sie von ihren Feinden«, endete der Pastor. »Wir danken dir, Herr. Amen.«

»Amen!«, rief Jordan. »Amen, Amen!« Er grinste erst Caleb, dann Pastor Salter an.

Als Caleb die Hintertür öffnete, bereit, hinauszugehen, hielt Libby ihn zurück. »Ich glaube, ich sah jemanden, als wir hineinkamen«, warnte sie. »Ich frage mich, ob ein Mann hinter der Scheune auf der Lauer liegt.«

Der große Test

Diesmal glaubte Caleb Libby sofort. Anstatt direkt zur Scheune zu gehen, führte er Libby und Jordan zur Vordertür, dann zur Seite des Hauses. Dort warteten sie und schauten sich um.

Als Caleb das Gefühl hatte, dass es sicher war, führte er die anderen zur Rückseite der Salter-Scheune. Als Caleb ein Tor öffnete, schlüpften Libby und Jordan hinein.

Ein Bauer wartete da mit zwei Pferden, die an einen Wagen mit hohen Seitenwänden angespannt waren. Caleb erkannte eines der Pferde.

»Der alte Dobbin ist also immer noch da!«

»Er lässt dich reiten, seit du neun Jahre alt bist.« Der Farmer senkte seine Stimme. »Ich dachte, dass du dieses Geschäft aufgegeben hast.«

»Für eine Weile.« Als sei die Angelegenheit nicht so wichtig, zwinkerte Caleb. »Ich sehe jetzt anders aus, nicht wahr? Älter und reifer.«

Als der Bauer ein unsicheres Gesicht machte, vermutete Libby, dass diese Veränderung Wunschdenken war. Aber warum war es wichtig, dass Caleb anders aussah? Gab es Leute, vor denen er sich verstecken musste? Leute, die ihm möglicherweise etwas antun wollten?

Caleb ging sofort ans Werk. Auf einer Seite der Scheune nahm er Bretter, einen Hammer und Nägel zur Hand. Er und der Bauer nagelten die Bretter zu einem U zusammen. Dann platzierten Caleb und Jordan das seltsame Gebilde vorne auf der Ladefläche.

Als sei er es gewohnt, eine solche Stellung einzunehmen, kletterte Jordan auf die Ladefläche und rollte sich zusammen. Der U-förmige Rahmen schützte seinen sensiblen Rücken. Caleb legte ein weiteres Brett dazu, und aus dem U wurde eine Kiste. Daraufhin beluden er und der Farmer den Wagen mit Säcken voll Kartoffeln. Als sie fertig waren, war Jordans Versteck verdeckt.

Als Caleb und Libby auf den hohen Sitz kletterten, trat der Bauer hinzu. »Ich wünschte, du tätest das nicht, Caleb. Sei besonders vorsichtig. Du bedeutest uns viel.«

Die Sonne neigte sich im Westen, als Caleb die Pferde auf die Straße lenkte. Obwohl Libby tausend Fragen hatte, schaffte sie es, still zu bleiben, bis sie die offene Straße westlich von Burlington erreicht hatten.

Libby dachte gerade, nun seien sie in Sicherheit, als hinter ihnen Hufschläge ertönten. Als Libby sich umdrehte, um zurückzublicken, versperrte eine Kurve die Sicht auf denjenigen, der folgte.

Caleb schnalzte den Pferden zu. Als sie in eine schnellere Gangart verfielen, wechselte er die Zügel in eine Hand. Mit einer schnellen Bewegung riss er sich die Mütze vom Kopf und brachte seine Haare durcheinander. Als er seine Schultern hängen ließ, sah Caleb wie ein anderer Mensch aus.

Libby kicherte, und er warf ihr ein Grinsen zu. Doch sie wusste, dass dies kein Spiel war.

»Schau nach hinten, Libby«, sagte er leise. »Ist irgendetwas verrutscht? Etwas, was einen Sklavenfänger Jordan vermuten ließe?«

Libby drehte sich um und kniete auf den Sitz, um jeden Zentimeter der Ladefläche zu überprüfen.

»Hörst du die Hufschläge, Jordan?«, fragte sie leise.

»Ja, gnä'.« Seine Stimme kam durch einen schmalen Spalt im Brett hinter dem Sitz. »Tue dich nicht sorgen. Ich liegt so ruhig wie hier diese Kartoffeln.«

Als Libby sich wieder hinsetzte, legte Jordan ein Stück Holz auf den Spalt. Die Hufschläge klangen bereits näher. »Kannst du die Pferde mehr antreiben, Caleb?«

»Wenn ich sie ansporne, weiß derjenige, der uns folgt, dass ich etwas zu verbergen habe.«

Als sie eine Kreuzung erreichten, hielt Caleb die Pferde an und lauschte. Erneut schaute sich Libby um, aber sie sah nur Bäume. Die Hufschläge hatten aufgehört.

Caleb knallte die Zügel über die Rücken der Pferde. Sobald sie weitergingen, hörte Libby erneut Hufschläge hinter ihnen. Sie fragte sich zwar, ob es nur ihre Fantasie war, doch Calebs Hände verkrampften sich wirklich an den Zügeln.

»Schau nicht mehr nach hinten, Libby.« Er sprach mit leiser Stimme. »Du musst so tun, als spiele es keine Rolle.«

»Aber es spielt eine!«, rief sie aus.

»Ja, klar. Aber du kannst dich nicht ängstlich benehmen, sonst verrätst du uns.«

»Aber wie soll ich das schaffen? Ich fürchte mich zu Tode!«

»Atme tief ein und lächle.« Caleb folgte seinem eigenen Rat und ließ dann seine Schultern wieder hängen.

»Caleb? Wer verfolgt uns?«

»Ein Mann auf einem Pferd.«

»Du erkennst das am Geräusch?«

»Jepp.«

»Ist es Riggs?« Libby fürchtete sich sogar davor, an diesen Mann zu denken.

»Weiß nicht. Aber wahrscheinlich schon.«

»Wie konnte er uns so einfach finden? Ich sah niemanden, als wir das Haus verließen.«

»Ich auch nicht. Und es war niemand in der Nähe, als wir die Scheune verließen. Aber jeder weiß, dass Pastor Salter ein Abolitionist ist – eine Person, die die Sklaverei abschaffen will. Wenn Riggs das auch weiß, und das ist wahrscheinlich der Fall –«

Plötzlich verstand Libby. »Er würde irgendwo warten, bis wir die Scheune verließen.«

»Jepp.«

Als die Sonne hinter den Bäumen verschwand, kamen die Hufschläge näher. Libby gehorchte Caleb und schaute nicht zurück. Aber ihre Zähne begannen zu klappern.

»Ist dir kalt?«, fragte Caleb. »Oder hast du Angst?«

»Beides.«

Caleb streckte sich nach hinten und griff nach einer Decke, die auf den Kartoffeln lag. Gleichzeitig gelang es ihm, zurückzublicken.

»Es ist Riggs, ganz klar.« Er reichte Libby die Decke. »Sah er dich, bevor du in den Laden kamst?«

»Ich bezweifle es«, antwortete Libby. »Und danach war ich am Boden, um zu zeichnen.«

»Zieh dir die Decke wie ein Schultertuch über den Kopf«, sagte Caleb. »Bedecke dein Kleid und einen Teil deines Gesichts damit.«

Schnell gehorchte Libby. Die Wärme der Decke fühlte sich gut an, und Libby zitterte nicht mehr. Doch ihre Angst wurde stärker. Falls sie mit einem entlaufenen Sklaven im Wagen erwischt wurden, waren sie Gesetzesbrecher. Sie konnten sogar ins Gefängnis kommen!

Immer näher kamen die Hufschläge.

»Er wird versuchen, uns zu stoppen«, warnte Caleb immer noch leise. »Tu so, als ob du eine schöne Frühlingsfahrt genießen würdest. Aber lass die Decke dein Gesicht verbergen.«

Bald hörte Libby die Hufschläge direkt hinter dem Wagen. *Wie kann ich nur so tun, als ob ich nichts zu verbergen hätte?* Aber Caleb konnte es, und sie würde es auch tun müssen.

Zu ihrer Überraschung bat Caleb sie: »Versuch zu lachen. Ganz ungezwungen.«

Libby wunderte sich darüber und bemühte sich, eine gute Schauspielerin zu sein.

»Genau so. Mach weiter so«, sprach Caleb mit leiser Stimme.

Libbys nächstes Lachen klang noch ungezwungener.

Als sie in Calebs Richtung schaute, sah sie den Reiter aus den Augenwinkeln. Er befand sich auf gleicher Höhe mit der Ladefläche des Wagens – und nun kamen sie in ein Stück einsamen Waldes.

»Hast du die Sonne bemerkt?«, fragte Libby. »Ich habe noch nie einen schöneren Sonnenuntergang gesehen – so golden und rosa.«

Libby wusste, dass sie Unsinn redete, aber sie konnte sich kein besseres Gesprächsthema ausdenken.

»Und violett«, fügte Caleb hinzu, als der Reiter neben ihm auftauchte. »Es ist eine gute Tageszeit, um draußen zu sein.«

Hinter Caleb sah Libby Riggs. Es bestand kein Zweifel über das Böse in seinen Augen. Libby erschauderte, dachte aber daran, ihr Gesicht zu verstecken. Dann rief sie sich die Worte des Bauern in Erinnerung. *Caleb ist hier in der Gegend bekannt. Aus einem bestimmten Grund besteht für ihn eine zusätzliche Gefahr.*

Libby hielt die Decke auf einer Seite des Gesichts nach vorn und zwang sich erneut zu lachen. »Ich muss schon sagen«, meinte sie. »Du lenkst die Pferde einfach am besten.«

Genau in diesem Augenblick rief Riggs: »Halt!«

»Kann ich Ihnen helfen, mein Herr?«, fragte Caleb, als bemerke er den Reiter erst jetzt.

»Halt an und lass mich in deinen Wagen schauen!«

»Ich kann anhalten«, sagte Caleb höflich. »Aber ich will meine Freundin möglichst bald nach Salem bringen.«

»Was hast du in deinem Wagen?«

»Saatkartoffeln, Sir. Eine ziemlich gute Ernte.«

»Und du bringst'se nach Salem?«

»Jepp! Die Leute dort halten die Ladung, die ich transportiere, für wahnsinnig wertvoll.«

Riggs ließ sein Pferd langsamer gehen. Als Libby hörte, wie die Hufschläge zurückfielen, wusste sie, dass Riggs das Tempo seines Pferdes demjenigen der Zugpferde anpasste. Sie zweifelte nicht daran, dass er die Kartoffelsäcke anstarrte.

Ungefähr den nächsten halben Kilometer ritt Riggs

direkt hinter Caleb, auf gleicher Höhe wie die Ladefläche des Wagens. Nicht ein einziges Mal wurde er schneller oder langsamer. Libby musste ihre ganze Willenskraft aufwenden, um nicht zurückzublicken.

Plötzlich fluchte Riggs. Als er mit einer Peitsche auf die Wagenwand schlug, schreckte Libby hoch.

»Warte nur!«, drohte Riggs, als er zu Caleb aufholte. »Ich werde herausfinden, was du im Schilde führst!« Diesmal knallte er mit der Peitsche auf sein eigenes Pferd. Die Stute machte einen Satz nach vorn.

Sobald der Sklavenhändler außer Sichtweite war, beugte Caleb sich hinunter und klopfte auf das lange Brett hinter dem Sitz. Als Jordan das Stück Holz entfernte, das den Spalt verdeckte, sprach Caleb mit ihm. »Bist du okay, da hinten?«

»Dieser hier Jordan ist okay.« Erneut kam seine Stimme durch den Spalt im Brett direkt hinter dem Sitz. »Hat er mich angeschaut?«

»Jepp. Er hat dich genau gemustert. Hast du den Atem angehalten?«

Jordan lachte. »Allerdings ich hab den Atem angehalten. Ich bekam g'rade die Luft zum Atmen zurück.«

Auch Calebs Lachen hörte sich so an, als sei er aus dem Gefängnis entlassen worden. »Na, gut, dass du immer noch unter uns bist.«

Während die letzten Sonnenstrahlen hinter dem Horizont verschwanden, wandte sich Caleb an Libby. »Du hast hervorragende Arbeit geleistet.«

Sein Lob erwärmte Libby das Herz. Sie war vor allem froh darüber, dass er ihr zumindest in diesem Augenblick zu trauen schien.

»Du hast nicht gelogen«, antwortete sie.

»Das habe ich von den Freunden gelernt«, erklärte Caleb ihr.

»Von den Freunden?«, fragte Libby.

»Von der ›Gesellschaft der Freunde‹, den Quäkern von Salem. Die Wahrheit zu sagen, ist wichtig für sie. Es ist auch ihr Schutz. Sie verstricken sich nicht in Lügen, die sie sich merken müssen. Falls ein Sklavenfänger eine Frage stellt, weiß er, dass ein Quäker immer die Wahrheit sagt. Manchmal schüttelt gerade diese Wahrheit die Sklavenfänger ab.

»Ich hätte Angst, dass ich lügen würde«, antwortete Libby. »Ich verstehe nicht, wie du und die Quäker das tun. Besonders, wenn du jemanden vor einem bösen Mann wie Riggs versteckst.«

Im letzten Lichtschimmer grinste Caleb. »Wart's ab. Du wirst merken, wovon ich spreche.«

»Du bist der seltsamste Junge, den ich je kennengelernt habe«, antwortete Libby.

»Jepp. Das bin ich wahrscheinlich.« Caleb schien sich überhaupt nicht an ihrer Meinung über ihn zu stören.

»Ist dir das egal? Achtest du nicht darauf, was die Leute von dir denken?«

Zur Antwort richtete Caleb seinen Blick weg von der Straße. »Es ist mir wichtig, was einige Menschen denken.«

»Aber nicht alle.«

»Nicht alle.«

»Weshalb?«, fragte Libby.

Caleb zuckte die Achseln, als sei seine Antwort sonnenklar. »Wenn ich jemanden respektiere, ist es mir wichtig, was er oder sie denkt. Wenn ich jemanden nicht respektiere, ist es nicht immer wichtig, was diese Person von mir hält. Sie könnte von mir verlangen, etwas zu tun, das nicht mit meinen Ansichten übereinstimmt.«

»Wie zum Beispiel zu verraten, wo sich Jordan versteckt hält.«

Libby seufzte. Sie wünschte, das Leben könnte einfacher sein. Sie konnte sich nur fragen, ob Caleb sie respektierte. Diesen Respekt wollte sie mehr als irgendetwas anderes, was sie sich je gewünscht hatte.

Ab und zu hielt Caleb an, um den Pferden eine Pause zu gönnen. Nur einmal, als sie in einen Wald an der Straßenseite einbogen, kroch Jordan aus seinem Versteck unter den Kartoffeln hervor, um sich zu strecken.

Als sie wieder weiterfuhren, wusste Libby, was sie Caleb fragen wollte. »Caleb, was willst du einmal werden, wenn du erwachsen bist?«

»Journalist.« Caleb antwortete so schnell, er schien sich ganz sicher zu sein.

»Journalist?« Libby hätte diese Antwort von Caleb nicht erwartet. Sie wusste nur, dass er sich immer gut ausdrückte.

»Ein Journalist wie Elijah Lovejoy.«

Erneut war Libby neugierig. »Wer ist Elijah Lovejoy?«

»Ein Herausgeber, der in Alton gestorben ist«, sagte Caleb leise.

»Du willst *sterben* wie er?«

»Oh nein!« Calebs Ungeduld war an seiner Stimme zu erkennen. »Ich will *leben* wie er! Elijah Lovejoy gab eine Zeitung in Saint Louis heraus – den *Saint Louis*

Observer. Er sprach sich gegen Sklaverei aus und musste nach Alton fliehen. Dort fing er von Neuem an.«

»Mit einer anderen Zeitung?«

Caleb nickte. »Mit dem *Alton Observer*. Er schrieb weiterhin gegen die Sklaverei. Seine Druckerpresse wurde dreimal von einem Mob zerstört. Die Quäker sammelten Geld, um eine vierte Presse zu kaufen, und Elijah versteckte sie in einer jener Lagerhallen, die wir am Fluss gesehen haben. Ein Mob versammelte sich und schoss auf ihn.«

»Und dann starb er?«

»Jepp. Der Mob warf seine Presse in den Fluss.«

»Warum willst du ein solcher Journalist sein?«, fragte Libby ihn. »Es sieht so aus, als würdest du dann in große Schwierigkeiten geraten.«

»Vielleicht«, antwortete Caleb. »Aber was ich wirklich werden möchte, ist jemand, der sich für wichtige Dinge einsetzt.«

»Auch wenn du weißt, welche Konsequenzen das haben kann?«, fragte Libby. »Du würdest vielleicht auch verfolgt werden.«

Caleb warf einen Blick auf das Loch hinten im Sitz. »Obwohl es dunkel ist, weiß Jordan, dass er sich verstecken muss. Du weißt nicht, was er durchgemacht hat, um Riggs zu entkommen. Er ging ohne Essen und Wasser. Er versteckte sich im Gebüsch und setzte sein Leben aufs Spiel.«

Caleb beugte sich nach unten und sprach in den Spalt im Brett hinter dem Sitz. »Erzähl es ihr, Jordan.«

Aber Jordan antwortete nicht. Libby fragte sich, warum. Vielleicht wollte er es ihr nicht erzählen.

»Ich wette, er ist eingeschlafen«, sagte Caleb schließlich. »Als Jordan davonlief, wusste er, dass er jederzeit angeschossen oder von Bluthunden gefunden werden konnte. Was er tat, war tausendmal schwieriger als alles, was ich bisher getan habe.«

Einige Meter weiter ergriff Caleb erneut das Wort. »Weißt du, Libby, dies war nicht Jordans erste Flucht. Er versuchte es vorher schon einmal und wurde zurückgebracht. Diesmal war Jordan bereit zu sterben, falls das der Preis für die Freiheit sein sollte.«

»Ich hätte Angst«, sagte Libby. »Ich habe schon Angst, wenn ich nur daran denke.«

»Ich auch«, antwortete Caleb. »Aber dein Papa hat mir etwas gesagt. ›Wir erleben alle Zeiten, in denen wir Angst haben. Was zählt, ist, was wir tun, obwohl wir Angst haben.‹«

Aber eine Sache war Libby immer noch nicht klar. »Als wir in Saint Louis waren, warum fingst du dort an, den Namen *Christina* auf den Boden zu schreiben?«

Caleb starrte sie an. »Dir entgeht nicht viel, was? Ich hoffte, dass Jordan sich an die Buchstaben erinnern würde – dass es ihm helfen würde, uns zu finden.«

»Caleb«, begann Libby, zögerte dann aber. Sie hatte Angst davor, die Frage zu stellen. »Vertraust du mir jetzt?«

»Ich denke schon«, antwortete Caleb. »Aber tu nichts Dummes. Jordans Freiheit steht auf dem Spiel. Und vielleicht sein Leben.«

Plötzlich dachte Libby daran, was es hieß, eine *Gib-nie-auf-Familie* zu sein. Gehörte Jordan nun zu der größeren Familie, von der Papa gesprochen hatte? Bei allem, was sie taten, schienen Jordan und Caleb aufeinander aufzupassen.

Auf gar keinen Fall werde ich etwas tun, was Jordan schadet, versprach Libby sich selbst. Von ganzem Herzen wollte sie das einhalten. Doch ein Gefühl der Angst zog ihr den Bauch zusammen. *Was, wenn ich mich so sehr fürchte, dass ich etwas falsch mache? Was, wenn ich mein Bestes gebe, um alles richtig zu machen, und Jordan trotzdem verrate?*

Größere Gefahr

Als schließlich der Mond aufging, hatten sich Libbys Augen an die Dunkelheit gewöhnt. Hier und da befanden sich Schneeflecken in geschützten Senken an der Nordseite eines Waldes. Immer, wenn Libby einen solchen Flecken bemerkte, wurde ihr bewusst, wie schwierig es sogar nachts wäre, sich bei diesem hellen Weiß zu verstecken.

Als sie in das Dorf Salem kamen, waren dessen Straßen wie ausgestorben. Doch Caleb schien genau zu wissen, wo ihr Ziel war. Als er bei einer großen Scheune anhielt, sprang er hinunter und öffnete ein großes Doppeltor. Sobald er die Pferde mit dem Wagen hineingeführt hatte, schloss er das Tor.

Libby dachte, dass Caleb Jordan sofort aus dem Wagen lassen würde. Stattdessen ging Caleb leise an die Arbeit, die Pferde abzuspannen.

»Wo sind wir?«, fragte Libby mit leiser Stimme.

»Henderson Lewelling hat das Haus gebaut, zu dem wir gehen«, flüsterte Caleb. »Aber er wohnt nicht mehr da.«

»Ist es eine Quäker-Familie?«, fragte Libby.

Caleb nickte. »Amos und Ellen Kimberly.«

Als Libby noch mehr Fragen stellen wollte, flüsterte er: »Pssst!«

In der hohen Kiste im Wagen lag Jordan, ohne ein Geräusch zu verursachen. Eilig nahm Caleb den Pferden das Geschirr ab und rieb sie ab. Erst als er ihnen Heu gegeben und das Geschirr an Haken aufgehängt hatte, kehrte Caleb zum Wagen zurück. Gleich neben der Ladung Kartoffeln sprach er in leisem Ton: »Bleib da, Jordan. Ich sehe nach, ob alles in Ordnung ist.«

Libby fand, dass Caleb sehr lange wegblieb. Als er zurückkehrte, flüsterte er, als er bei der U-förmigen Kiste ankam: »Es ist ungefährlich, Jordan. Komm heraus.«

Wie eine riesige Gestalt, die sich aus einem Berg Kartoffeln erhob, stand Jordan auf. Als er vom Wagen sprang, bewegte er sich steif. Auf dem Boden streckte er sich, danach folgte er Caleb und Libby aus der Scheune.

Draußen führte Caleb sie erst durch eine Seitengasse, dann durch einen Obstgarten zum seitlichen Türeingang eines großen Steinhauses. Als seien sie beobachtet worden, öffnete sich die Tür von innen.

»Wart ihr verfolgt worden?« Samuel, ein Junge etwa in ihrem Alter, war im schlichten Quäker-Stil mit Arbeitshosen und selbst gewebtem Hemd gekleidet.

»Gleich außerhalb von Burlington«, sagte Caleb. »Er hat uns verlassen, aber ich denke, dass er zurück kommt.«

»Dann komm!«, bedeutete Samuel Jordan.

In der Küche schob Samuel den Tisch und einen geflochtenen Teppich beiseite. Als er eine Falltür öffnete, entdeckte Libby einen Zwischenboden, der groß genug war, um mehrere Leute unter dem Fußboden zu verstecken. Als Jordan darin verschwand, flüsterte Samuel ihm zu: »Wir geben dir etwas zu essen, sobald es sicher ist.«

Samuel und Caleb schlossen die Falltür, legten den

Teppich darüber und stellten den Tisch wieder an seinen Platz zurück. Mit schnellen Bewegungen stellte Samuel Brot, Käse und einen Krug Milch auf den Tisch. Während er Suppe aus einem Kessel auf dem Holzherd auftischte, sah Libby sich um.

Schwere Vorhänge waren zugezogen, damit von außen niemand hereinblicken konnte. Nur eine Kerze erhellte den Raum.

»Ich muss mit deinem Vater sprechen«, sagte Caleb zu Samuel.

Als sei es keineswegs ungewöhnlich, jemanden zu einer solchen Stunde zu wecken, holte Samuel seinen Vater.

Caleb aß immer noch, als Herr Kimberly die Küche betrat. »Wir heißen euch willkommen«, sagte er zu Caleb und Libby, als er am Tisch Platz nahm.

»Ich suche eine Frau namens Eliza Parker«, sagte Caleb. »Sie hatte vermutlich drei Kinder bei sich.«

Herr Kimberly schüttelte den Kopf, aber dann nannte Caleb einen Ort im Nordosten von Missouri. Diesmal nickte Herr Kimberly. »Ich kenne ihn.«

Als Caleb sich vorbeugte, erhellte das Licht der Hoffnung sein Gesicht. »Sie sahen also die Frau, die ich meine?«

»Nein«, antwortete Herr Kimberly. »Aber ich sah eine Frau vom selben Ort. Sie heißt Emma. Sie kam allein.«

»Niemand begleitete sie?« Caleb hörte sich irritiert an.

»Emma war sehr verzweifelt. Jemand anders wollte mit ihr zusammen davonlaufen, aber sie war gezwungen, allein zu gehen. Sie musste sogar ihr drei Monate altes Baby zurücklassen.«

»Ihr *Baby*?«, sprudelte es aus Libby heraus.

»Emma war kaum in der Lage, davon zu sprechen«, berichtete Herr Kimberly. »Ich weiß nicht, was passierte, dass ihr Fluchtplan misslang. Sie hatte keine andere Wahl, als zu kommen. Kleinere Flüsse überquerte sie auf dem Eis, aber der Des Moines River taute langsam auf.«

»Wo ist Emma jetzt?«, fragte Caleb.

»Ich habe sie nach Denmark geschickt.«

»Eine Stadt nahe der Grenze von Iowa«, erklärte Caleb Libby. »Die Stadt von Asa Turner. Weißt du noch, was ich dir von ihm erzählt habe?«

Natürlich erinnerte sich Libby daran. Asa Turner wollte, dass die Männer, die nach Iowa kamen, Frauen auswählten, die ein Jeanskleid oder eine karierte Bluse mit Stolz trugen. In Saint Louis hatte sich Libby Jeansstoff gekauft, aber sie hatte ihren Rock noch nicht fertig genäht.

Caleb wandte sich wieder an Herrn Kimberly. »Sie haben Emma zum Haus von Diakon Trowbridge geschickt? Vielleicht könnte sie mir mehr von Eliza Parker berichten.«

»Ich glaube, dass du erfahren könntest –«

In diesem Augenblick ertönte ein lautes Klopfen an der Hintertür. Calebs schneller Blick durchsuchte den Raum, als vergewissere er sich, dass sie durch nichts verraten würden.

»Geh ins Esszimmer«, sagte er zu Libby. »Nimm dein Geschirr mit. Bleib außer Sichtweite.«

Als Herr Kimberly langsam zur Tür ging, wurde aus dem Klopfen ein lautes Hämmern. Libby beobachtete Caleb durch den Türspalt zwischen Esszimmer und Küche.

Immer noch sein Glas Milch in der Hand haltend, kippte er seinen Stuhl nach hinten. Es sah geradeso aus, als ob Caleb nur einen späten Imbiss zu sich nähme.

Augenblicke später hörte Libby, wie die Tür geöffnet wurde. »Guten Abend, Freund«, sagte Herr Kimberly. »Was wünschet Ihr?«

»Einen entlaufenen Sklaven, der Ihr Haus betreten hat.«

Libby erkannte die Stimme. *Riggs, dort direkt vor der Tür!* Von Panik erfüllt trat sie zurück, weiter ins Esszimmer hinein.

»Er ist ein großer Junge«, sagte Riggs. Seine Stimme ließ Libby erschaudern. »Etwa fünfzehn, sechzehn Jahre alt.«

»Ich habe in meinen Bett geschlafen«, antwortete Herr Kimberly. Er klang so ruhig, als treffe er jeden Tag einen solch grausamen Mann vor seiner Haustür an. »Ich sah keinen Sklaven mein Haus betreten.«

»Ich suche schon«, sagte Riggs mit forscher Stimme. »Ich werde ihn finden.«

»Meine Frau und mein Sohn sind im Bett«, antwortete Herr Kimberly. »Sie sollen nicht von Euch erschreckt werden.«

Verzweifelt sah sich Libby im Esszimmer um. Ihre Gedanken kreisten nur noch um die bösen Linien im Gesicht des Sklavenhändlers und um seine grausamen Augen. *Wo kann ich mich verstecken?*

Dann blickte sie durch die Türöffnung zur Küche zurück. Caleb aß immer noch und sah dabei so ruhig aus wie auf der Straße.

»Ich kenne dich!«, sagte Riggs plötzlich.

Caleb neigte seinen Kopf, wie um höflich zu grüßen. »Wir sind uns auf der Straße begegnet.«

»Nein! Irgendwann vorher!«, antwortete Riggs.

Aber Herr Kimberly ergriff wieder das Wort. »Ihr verfügt nicht über einen Durchsuchungsbefehl. Ich wünsche Euch eine gute Nacht.«

Zur ihrer Überraschung hörte Libby, wie sich die Außentür fest schloss. Riggs war ausgeschlossen, und sie war eingeschlossen! Doch als Libby zum Küchentisch zurückkehrte, bemerkte sie, dass sie zitterte.

Erneut setzte sich Herr Kimberly. Durch das Kerzenlicht sah er Caleb ernst in die Augen. »Warum bist du das Risiko eingegangen, hierher nach Salem zu kommen?«

Caleb hörte respektvoll zu. Er hielt seinen Gastgeber in Ehren.

»Es ist gefährlich für dich, hierher zu kommen!«

Caleb nickte. Aber als er antwortete, klang er um Jahre älter, als er war. »Sie haben gelernt, mein guter Freund, dass wir uns die Gefahren nicht immer aussuchen.«

Einen Augenblick lang kreuzten sich Herrn Kimberlys und Calebs Blicke. Dann blickte Herr Kimberly in Libbys Richtung. »Und diese Freundin, die du mitgebracht hast?«

»Libby ist noch nicht mit unseren Wegen vertraut«, sagte Caleb.

Libby fragte sich, ob er den Quäker-Herrn vor ihr warnte. *Ihr könnt mir vertrauen!*, wollte Libby ausrufen. *Ich werde eure Geheimnisse nicht verraten!*

Aber Caleb gab ihr keine Gelegenheit. »Vergeben Sie mir, dass ich Ihr Haus in Gefahr gebracht habe?«, fragte er Herrn Kimberly.

Das langsame Lächeln des Mannes erreichte sogar seine Augen. »Dir vergeben, dass du des Herrn Arbeit getan hast? Das ist nicht nötig. Aber ich bin um dich und deine Großmutter besorgt.«

»Sie tun recht daran, besorgt zu sein«, antwortete Caleb. »Ich bin es auch.«

Sie tauschten einen weiteren langen Blick aus. Dann streckte Herr Kimberly seine Hand nach vorn, um sie auf Calebs Hand zu legen. »Ich werde täglich um Schutz für dich beten.«

Als Caleb erneut sprach, war es, um nach frischen Pferden zu fragen.

»Ich werde mein Bestes für dich tun, aber ich kann nichts versprechen. Unser Bedarf ist momentan sehr hoch. Könnet ihr gehen, falls ihr müsset?«

Caleb nickte. »Wir machen uns auf den Weg, sobald es wieder dunkel ist.«

Als Libby ihnen zuhörte, wusch sie das Geschirr ab. Sie lernte bereits. Kein Teller, der zusätzliche Besucher verraten würde, konnte liegen gelassen werden. Aber sie hatte noch etwas anderes entdeckt, als sie Samuel zugeschaut hatte. *Falls ein Sklavenfänger Papa fragt, ob er einen flüchtigen Sklaven gesehen habe, kann Papa »Nein« sagen, ohne zu lügen. Es ist Caleb, der sie normalerweise sieht. Es ist Caleb, der sich um sie kümmert.*

Zum ersten Mal verstand Libby die Beziehung zwischen Caleb und ihrem Vater. *Ohne über jeden entlaufenen Sklaven zu sprechen, ist Papa mit dem einverstanden, was geschieht. Caleb kennt ihn so gut, dass er weiß, dass Papa zustimmt.*

Als Herr Kimberly sie verließ, stellte Caleb eine Tasse Suppe, Brot, Käse und ein Glas Milch auf ein Tablett. Schnell schob er den Tisch und den Teppich beiseite und öffnete die Falltür. Jordan blinzelte aus dem dunklen Loch unter dem Fußboden zu ihnen auf.

»Komm«, flüsterte Caleb. »Riggs hat genug gesucht für eine Weile. Im Keller wirst du dich wohler fühlen.«

Libby folgte den Jungen die Treppe hinab zu einem Zimmer mit einem Kamin. Als sei Caleb schon oft da gewesen, machte er ein Feuer.

»Hier bist du nun sicher«, sagte er zu Jordan.

Im Schneidersitz verschlang Jordan die Suppe und die Sandwichs. Als er fertig gegessen hatte, legte er sich zwischen den Decken hin, die für flüchtige Sklaven hier gelassen wurden.

Als Libby und Caleb wieder nach oben gingen, ging die Morgensonne über dem Horizont auf. Sie fanden Frau Kimberly in der Küche. Sie gab Libby eine Quäkerhaube und sagte ihr, sie solle sie später benutzen. Danach führte sie Libby in ihr eigenes Schlafzimmer.

»Du kannst hier ausruhen«, sagte sie.

Frau Kimberly hatte das Bett frisch bezogen, und Libby ließ sich darauf sinken. Es blieb ihr nur noch Zeit für ein oder zwei Gedanken an die Familien Lewelling und Kimberly und an all die Leute, die durch dieses Haus gekommen waren. Dann drehte sich Libby um und schlief ein.

Als sie erwachte, fühlte sie sich seltsam durcheinander. War es das graue Licht kurz vor Sonnenaufgang? Dann realisierte sie, dass ein Tag zu Ende sein musste.

Einige Minuten lang lag Libby da und ließ sich die vergangenen Ereignisse durch den Kopf gehen. Je länger sie darüber nachdachte, desto mehr Angst verspürte sie.

Was werden wir über Jordans Mutter herausfinden?, fragte sie sich. *Warum ist es für Caleb gefährlich, hierher, in dieses Dorf in Iowa zu kommen?*

Das Versteck

Als sich die Nacht über das Land senkte, aßen Libby und Caleb wieder in der Küche. Libby war sich sicher, dass es Frau Kimberly war, die das gute Essen zubereitet hatte. Doch sie war nirgendwo zu sehen, als Samuel für Jordan Essen in den Keller brachte.

In der Dunkelheit, bevor der Mond aufging, schlüpften Caleb und Jordan nach draußen. Mit der Haube von Frau Kimberly in der Hand folgte Libby den Jungen. Als sie durch den Obstgarten gingen, hielt Caleb oft in den Schatten unter den Bäumen an. Immer wieder blickte er sich um und lauschte.

Als sie schließlich die Scheune erreichten, wo sie die Pferde hingebracht hatten, fühlte sich Libby wie ein Schatten. Sie hatte bereits gelernt, jedes Gebäude schleichend zu betreten oder zu verlassen.

Hinter ihr quietschte nicht einmal das Scheunentor. Waren die Angeln für Augenblicke wie diesen so gut geölt?

Die Pferde und der Wagen, den sie am vorhergehenden Abend benutzt hatten, waren nicht mehr da. Stattdessen stand ein frisches Pferdegespann da, das vor einen mit Heu beladenen Wagen gespannt war. Zu Libbys Überraschung vergruben sich sowohl Caleb als auch Jordan im Heu.

»Zieh deine Haube an«, flüsterte ein in Quäker-Kleidung gekleideter Mann.

Als Libby die Kordeln unter ihrem Kinn zuband, wusste sie, dass die breite Krempe ihr Gesicht verdeckte.

Der ältere Quäker bedeutete ihr, auf den hohen Vordersitz zu steigen. Sobald sie sich gesetzt hatte, öffnete der Fahrer die Scheunentore. Schnell führte er die Pferde hinaus, schloss die Tore und nahm den Platz neben Libby ein. Als er den Pferden die Zügel über die Rücken schlug, setzten sie sich in Bewegung.

Als der Wagen aus Salem rollte, war Libby erstaunt, wie warm die Nacht war. Nach den kühlen Nächten auf der *Christina* fühlte sich die wärmere Temperatur gut an. Nachdem sie das offene Land sicher erreicht hatten, sagte der Fahrer Libby, was sie tun sollte.

Als sie das Dorf Denmark in Iowa erreichten, hielt der ältere Quäker seine Pferde in der Nähe eines Steinhauses am Rand der Ortschaft an. Wie der Quäker ihr gesagt hatte, ging Libby zur Tür des Hauses.

»Ein Freund von mir muss Sie sprechen«, sagte sie der Frau, die auf das Klopfen antwortete.

»Dann hol ihn sofort«, antwortete die Frau.

Als Libby zum Wagen zurückkehrte, schlüpften die Jungen unter dem Heu hervor und eilten zur Tür.

Als Caleb seine Mütze hob, erkannte die Frau sein Gesicht. Auch hier war er bekannt.

»Kommt schnell herein«, sagte sie, und alle glitten ins Haus.

»Wir suchen Emma«, flüsterte Caleb Frau Trowbridge zu.

Mit leichten, schnellen Schritten führte sie die drei eine Treppe hinauf. Oben befand sich ein Kinderzimmer, das nur von einer Kerze beleuchtet war. Neben einer Öffnung in der Außenwand saß ein schwarzes Mädchen, das nicht viel älter war als Libby.

Emmas Haar war kurz geschnitten und krauste sich nahe an ihrem Kopf. Sie hielt ihre Arme so, als umarme sie sich selbst, und wiegte sich hin und her.

»Emma«, sagte Frau Trowbridge sanft.

Als das Kerzenlicht auf sie fiel, sah Libby, dass sich die Lippen des Mädchens bewegten. Libby trat näher heran, um die Worte zu hören. Sanft und leise wiederholte Emma die Worte immer wieder.

»Herr Jesus, Jesus! Ich bittet dich um mein Baby. Jesus!«

Da sie sich fürchtete, das Gebet des Mädchens zu unterbrechen, wartete Libby. Aber Jordan kniete sich vor Emma hin.

»Emma«, begann er mit weicher Stimme.

Sie schien ihn nicht zu hören. Sich immer noch wiegend, betete sie weiter. »Mein Baby, Jesus. Mein Baby.«

Jordan wurde lauter. »Emma!«

Diesmal hörte sie ihn. Als komme sie aus einem fernen Land zurück, hoben sich langsam ihre Augenlider. Ihre großen schwarzen Augen sahen dunkel und besorgt aus.

»Jordan?«, fragte sie. »Jordan Parker? Du immer noch auf dieser Welt?«

Jordans volles Lachen erfüllte das Zimmer. »Ja, ich immer noch auf dieser Welt. Und du auch!«

»Aber mein Baby nicht!« Die Sorge in Emmas Stimme war durchdringend wie ein Messer. »Ich hab keine Ahnung nich', wo der kleine Henry ist!«

Frau Trowbridge kniete sich neben Jordan hin. Auf den Knien lehnte sie sich nahe an Emmas Gesicht, um ihre ungeteilte Aufmerksamkeit zu haben.

»Weißt du noch, was der Diakon gesagt hat?«, fragte Frau Trowbridge, als habe sie es Emma schon viele Male erzählt.

»Sag es mir bitte. Sag es mir noch einmal!«

»Er sagte: ›Jede Mutter hat das Recht, ihr Baby zu behalten.‹ Und erinnerst du dich daran, was er tat? Er schnallte sich seinen Revolver um. Dann bestieg er sein Pferd und ging weg.«

»Um mein Baby zu finden. Es war Nacht, dunkle Nacht, als er wegging. Warum is' er nich' zurück?«

»Der Diakon gibt immer sein Bestes bei allem, was er tut«, sagte Frau Trowbridge ihr. »Dies ist die zweite Nacht, aber du musst ihm Zeit geben. Du musst essen und schlafen.«

Emma schüttelte den Kopf. »Nicht bevor mein Baby in mein Armen ist.«

»Ich will, dass du isst«, sagte Frau Trowbridge. »Und Jordan möchte dich ein paar Dinge fragen.«

Frau Trowbridge gab Jordan eine Schüssel Suppe und zog sich zurück. Als Frau Trowbridge das Zimmer verließ, schloss Emma erneut die Augen. Als versuche sie, ihren Schmerz auszuschließen, wiegte sie sich hin und her und betete.

Jordan stellte die Schüssel ab, blieb aber auf den Knien vor dem Mädchen.

»Emma!« Seine Stimme war schrill. »Hör mir jetzt zu! Der Herr, Er fertig gehört deine Gebete!«

Emma hörte auf, sich hin- und herzuschaukeln. Ihre Augen öffneten sich. »Wirklich?«

»Ja, wirklich!«, versicherte ihr Jordan erneut. »Nun beginn einfach, Ihm zu danken!«

»Jordan? Lügst du mich an?«

»Hat ich dich je angelogen?«

Langsam schüttelte Emma den Kopf. »In Old Massas Plantage tatst du die Worte des Herrn gesprochen. Als mein Mann wegrannte, sagtest du mir, der große Henry sein sicher in Kanada. Und ein Mann schrieb ein Brief, in dem stehen, dass der große Henry *wirklich* da ist!«

Ein Leuchten machte sich auf Emmas Gesicht bemerkbar. »Wenn du mir sagst, mein Baby ist sicher, ich glaube dir, Jordan Parker! Ich glaube dir, weil du den Herr kennt!«

Wieder mit geschlossenen Augen hob Emma ihre Arme zum Himmel. »Gott Dank! Danke, Jesus!«

Durch ihre Tränen hindurch sah Libby nur noch verschwommen. Emma erschien ihr wie ein neuer Mensch.

»Oh, Herr!« Nun seufzte sie. »Du hast uns aus Ägypten gebracht!«

»Danke, Herr!«, schloss sich Jordan ihr an. »Diese Arme – diese Arme werden ihr Baby wieder halten!«

Plötzlich hatte Libby Angst. Wie konnte Jordan bloß ein solches Versprechen machen? Was, wenn er falsch lag? Emmas Trauer wäre dann nur noch größer.

Aber Emma zweifelte nicht daran, dass Jordan die Wahrheit sagte. Plötzlich ließ sie die Arme sinken und öffnete die Augen. Sie streckte die Hand aus und ergriff die Schüssel Suppe. »Ich werde essen, damit ich stark sein, wenn ich mein Baby hält!«

Sie nahm den Löffel und führte ihn zum Mund, als habe sie seit Tagen nichts gegessen. Als die Schüssel leer war, gab Emma sie Jordan. Als sei niemand anders im

Zimmer, sprach Emma direkt zu ihm. »Aber ich hab keine guten Nachrichten nich' für dich.«

Jordan lehnte sich nach vorn, um jedes Wort zu verstehen.

»Als Old Massa deine Mamma und mich verkaufte, wir machten große Pläne. Wir planen, dem Nordstern zu folgen zu den Leuten mit den breitkrempigen Hüten. Wir planen, den Jordan zum Gelobten Land zu überqueren.«

Als ob sie nichts mehr sagen wollte, hielt Emma inne.

»Erzähl weiter, Mädchen!«, rief Jordan aus.

»Deine Mamma und mich – wir planten, zusammen wegzugehen. Zusammen wir hat vier gute Hände und vier Füße. Zusammen wir konnten deine Schwestern und dein Bruder und mein Baby nehmen. Mit vier Händen und vier Füßen wir konnten bestimmt das Gelobte Land erreichen.«

»Aber was ist geschehen?«, fragte Jordan, als wolle er die schlechte Nachricht nicht länger hinauszögern.

»Am Abend, an dem wir rennen wollten, ich nahm alles, was ich hat –« Emma hielt ein großes Tuch hoch, das zu einer Tasche geknotet war. »Ich ging zur Hütte deiner Mutter. Ich war in der Hütte, als ein Klopfen an die Tür kommen. Ich schlich in die Ecke zurück und versteckte mich im Dunkeln. Mann an der Tür sagen: ›Dieses Mädchen Emma, sie ist gerannt. Du geh zum großen Haus, Liza. Der Meister will mit dir sprechen.‹«

»Und Mamma?«, fragte Jordan.

»Er zerrt deine Mamma aus der Hütte und seht mich nicht da in der Ecke. Als sie weggingen, ich wissen, ich konnte nicht ins große Haus zurückgehen. Sie würden mich schlagen und –«

Emma stöhnte. »Ich schlich durch die Dunkelheit – durch die Dunkelheit zur Hütte von Miz Mary, wo mein Baby war. Weißer Mann stehen dort an der Tür. Ein Mann, der auf mich wartete.«

Emma musste nicht mehr weitererzählen. Jordan neigte den Kopf und verbarg sein Gesicht in seinen Armen.

»Mamma?«, fragte er schließlich. Seine Stimme war gedämpft. »Was geschah mit Mamma?«

»Ich weiß nicht.« Emma sprach langsam. »Massa, er sein gut zu ihr«, fügte sie hinzu, als versuche sie, Jordan Hoffnung zu machen.

»Und Serena? Meine Schwester Serena?«

»Miz Mary sorgen für sie.«

»Mein Bruder Zack? Und Baby Rose?«

»Sie sind dort bei Miz Mary.« Eine Zeit lang saß Emma still da, als könne sie nichts mehr sagen.

»Ich wollte deiner Mamma mit einer zusätzlichen Hand helfen«, sagte Emma, als sie das Wort erneut ergriff. »Deine Mamma kann die Flüsse nicht allein überqueren – nicht mit drei Kleinen.«

Plötzlich zitterten Jordans kräftige Schultern. Riesige Schluchzer kamen aus seinem tiefsten Inneren hervor. Als er versuchte, sie zurückzuhalten, bebte sein Körper. Nur ein Geräusch entwich seinen Lippen – ein schmerzerfülltes Stöhnen.

Als Jordan endlich wieder seinen Kopf hob, waren keine Tränenspuren auf seinem Gesicht zu erkennen. Ein seltsamer, neuer Ausdruck – eine Stärke, die Libby nicht verstand – schien durch seine braune Haut zu leuchten.

Jordan sah weder sie noch Caleb. Er sah nicht einmal Emma. Stattdessen blickte er nach oben und hob sein Gesicht zum Himmel.

»Lass meine Mamma ziehen!«, flehte er. »Lass mein Volk *ziehen*!«

***

Als Frau Trowbridge zurückkehrte, hatte sie mehr Essen bei sich – diesmal für die anderen. Jordan aß heißhungrig, als habe er vor, einen Vorrat anzulegen, der eine lange Zeit halten sollte.

Als er fertig war, lehnte er sich entspannt an die Wand. Seine langen Beine und nackten Füße ragten weit nach vorn.

Mit dem Kopf an der Wand schloss Jordan die Augen. Zuerst dachte Libby, er sei eingeschlafen. Doch bald fand sie heraus, dass das nicht der Fall war.

Als Jordan seine Augen wieder öffnete, sprach er Caleb an. »Ich geht zurück«, sagte er. »Ich geht zurück nach meine Mamma und meinen Schwestern und mein Bruder Zack. Ich geht zurück, um die Hände von meiner Mutter zu sein und sie herauszuholen.«

»Du kannst nicht gehen«, erwiderte Caleb. »Nicht jetzt.«

»Nicht jetzt? Ich musst gehen. Je länger Mamma bleibt –«

»Jeder Sklavenfänger im Land sucht dich. Es ist eine Belohnung von zweihundert Dollar auf deinen Kopf ausgesetzt! Alle wollen diesen Betrag!«

»Ich nehme die Sümpfe. Ich nehme die Wälder.«

»Diese Sklavenfänger durchkämmen alle Sümpfe und Wälder und sehen unter jedem Felsen nach!«

»Ich allerdings sein unter einem Fels!« Jordan sah Caleb direkt an. »Und nicht einer von denen Männern wird mich finden!«

»Du *kannst* nicht zurückgehen«, warnte Caleb ihn erneut.

»Ich *gehe*«, sagte Jordan. »Ich muss.«

»Nicht jetzt.« Calebs blaue Augen hielten Jordans starkem braunem Blick stand. »Wenn du es tust, wird alles, was du durch deine Flucht erreicht hast, verlorengehen.«

»Mamma sagte mir, ich mein Volk herausführen würde. Der gute Herr sagte mir, ich mein Volk herausführen würde.«

»Das wirst du, Jordan«, antwortete Caleb. »Aber es muss dann sein, wenn Gott es dir sagt. Befiehlt Er es dir nun?«

Jordan seufzte. »Warum musst du den Herr ins Spiel bringen? *Ich* sage mir, dass ich soll gehen. Es ist meine Sorge um Mamma und mein Schwestern und mein Bruder, die mir sagt, dass ich soll gehen.«

Erneut seufzte Jordan. Aber er ließ nichts mehr darüber verlauten, in dieser Nacht aufzubrechen, um seine Familie zu finden.

Als Frau Trowbridge kam, um das Geschirr abzuräumen, zeigte sie Libby das Versteck auf einer Seite des Schlafzimmers. Gleich unter dem Dach erstreckte sich der schmale Raum vom einen Ende des Hauses bis zum anderen. Obwohl er nur etwa einen Meter hoch war, gab es dort genug Platz, um mehrere Leute zu verstecken.

Auf Händen und Knien kroch Emma am einen Ende des Verstecks hinein. Jordan und Caleb krochen am anderen Ende hinein. Frau Trowbridge schob Decken in die Öffnung und sagte Libby dann, was sie tun sollte.

»Unsere Kinder schlafen normalerweise in diesem Schlafzimmer, aber sie sind diese Nacht nicht hier. Lass den Eingang zum Versteck offen, um die Wärme hineinzulassen. Aber verschließe ihn, sobald du jemanden an der Tür unten klopfen hörst.«

Vor die Öffnung stellte Frau Trowbridge zwei kleine Bretter. Am oberen Ende der Bretter waren jeweils Nagelköpfe durch das Holz geschlagen, als seien sie an der Wand befestigt. Dann stellte Frau Trowbridge ein Gestell vor die Bretter. Auf das Gestell stellte sie drei Bücher. Damit war der Eingang zum Versteck bestens getarnt.

Nachdem sie sich vergewissert hatte, dass Libby wusste, was zu tun war, öffnete Frau Trowbridge das Versteck wieder. »Die Wärme kommt von unserem Ofen genau die Treppe herauf«, sagte sie. Dann ging sie wieder ins untere Stockwerk hinunter.

Als Libby sich aufs Bett legte, war sie sich sicher, dass sie nie einschlafen würde. Sorge bestimmte ihre Gedanken und ließ sie an alles Mögliche denken.

Falls jemand an der Tür klopft, muss Frau Trowbridge öffnen. Was, wenn ein Sklavenfänger mit einem Durchsuchungsbefehl kommt? Was, wenn er die Treppe heraufrennt, bevor ich das Gestell richtig platzieren kann? Was, wenn ich nicht mehr weiß, wie man es macht?

Libbys Finger zitterten allein schon bei dem Gedanken daran. Sie fürchtete das Geräusch eines lauten Klopfens an der Tür. Sie hasste den Gedanken daran, schnell eine Kerze anzünden und das Versteck verschließen zu müssen.

Dann beschäftigte Libby noch etwas anderes. *Warum muss Caleb sich verstecken? Er ist nicht auf der Flucht. Oder doch?*

Aber in der undurchdringlichen Dunkelheit vor der Dämmerung war es nicht das Hämmern an eine Tür, das Libby weckte.

Skunk River

In den dunklen Stunden des frühen Morgens hörte Libby Hufschläge, die näher kamen, immer näher. Als die Hufschläge direkt neben dem Haus aufhörten, spürte Libby, wie jemand an ihrem Bett vorbeischlich.

»Wer ist da?«, rief Libby.

»Emma!«, antwortete eine Stimme.

Zusammen krochen Libby und Emma zur Treppe. Am oberen Ende der Treppe warteten sie. Ohne ein Geräusch zu verursachen, lauschten sie.

Die Außentür wurde geöffnet und geschlossen. Dann wimmerte die Stimme eines Kleinkinds. Emma sprang auf. »Es ist mein Baby!«

Als sie die Treppe hinunterraste, folgte Libby ihr auf den Fersen. Nur eine Kerze erhellte den unteren Raum. In diesem Licht sah Libby einen Mann, der ein Bündel Decken in Emmas Arme legte.

»Mein Baby!«, schrie sie. »Kleiner Henry!« Als wolle sie nie mehr loslassen, drückte Emma das Bündel an ihre Brust. Unter sanftem Summen wiegte sie sich hin und her.

Plötzlich hielt sie inne. Mit vor Angst weit geöffneten Augen kniete sich Emma hin und legte das Baby auf den Fußboden. Hektisch zog sie die Decken beiseite, als fragte sie sich, ob sie das richtige Kind hatte.

Endlich sah sie ihr Baby nur mit einer Windel und einem Baumwollhemd gekleidet. Emma betrachtete eingehend sein Gesicht. Schnell kontrollierte sie beide

Hände, alle Finger, beide Füße, alle Zehen. Dann beruhigte sie sich.

Statt Angst zu zeigen, leuchtete ihr Gesicht nun voller Liebe. »Du ist mir, kleiner Henry – und du geht *gut*!«

Sanft faltete sie eine Decke um das Baby. Schicht um Schicht wickelte sie es ein, bis nur noch sein Gesicht frei war. Dann nahm sie ihr Kind in die Arme und ging mit ihrem Gesicht ganz nahe an das des Babys heran.

Erneut begann sie sich von einer Seite zur anderen zu wiegen. Für Emma gab es niemand anders im Zimmer.

Inzwischen hatten Caleb und Jordan sich zu ihnen gesellt. Diakon Trowbridge führte seine Frau, die Jungen und Libby zum Küchentisch.

»Sklavenfänger sind mir dicht auf den Fersen«, warnte der Diakon. »Wenn das Baby schreit, werden sie es hören, sogar aus dem Versteck.«

»Wir machen uns sofort auf den Weg!«, bestimmte Caleb.

Erneut war Libby überrascht von der Geschwindigkeit, mit der sich Caleb entschied. Aber Frau Trowbridge reagierte genauso schnell. Ohne ein weiteres Wort begann sie, Sandwichs zuzubereiten.

»Mein Pferd ist erschöpft«, sagte der Diakon. »Ich kümmere mich um andere Pferde.«

Doch Caleb hielt ihn zurück. »Nicht bei dem warmen Wetter, das wir hatten. Ich hoffe, der Skunk River ist immer noch gefroren.«

Der Diakon rieb sich das Kinn. »Er ist kleiner und flacher als der Mississippi.«

Caleb nickte. »Aber wenn wir Pferde und einen Wagen nähmen, würden wir vielleicht durch das Eis brechen.«

»Seid ihr sicher, dass ihr zu Fuß gehen wollt?«, fragte der Diakon. »Es wird anstrengend sein mit dem Baby.«

»Ich überquere den Fluss lieber zu Fuß«, erklärte Caleb ihm. »Unsere Chancen, nicht einzubrechen, sind größer so.«

»Ihr nehmt die Abkürzung durch das Gelände?« Die Augen des Diakons waren dunkel vor Sorge.

»Sie werden jede Straße beobachten«, antwortete Caleb. »Wenn wir jetzt sofort losgehen, sind wir noch vor dem ersten Tageslicht schon tief in den Wäldern.«

Auf vier Stofftücher legte Frau Trowbridge die Sandwichs und fügte Äpfel und Käse hinzu. Dann nahm sie die Ecken der Stofftücher und knotete jedes zu einer Tasche.

Schnell webte sie einen langen Stoffstreifen durch den Knoten. Als sie das Essen um Libbys Hüfte band, erklärte sie: »So hast du deine Hände frei, wenn du sie brauchst.«

Als sie an der Tür standen und zum Aufbruch bereit waren, warnte Diakon Trowbridge sie. »Versucht nicht, euch im Haus zu verstecken«, sagte er, als wisse er, wohin Caleb gehen würde. »Es wird beobachtet.«

Caleb grinste. »Kümmern Sie sich einfach um die Hunde.«

Hunde? Libby zitterte. *Wir werden von Hunden verfolgt?*

Sie konnte sich nichts Beängstigenderes vorstellen. Das heißt: außer wenn es ein Hund wie Samson war.

Samson würde nicht einmal einer Fliege auf seinem Rücken etwas zuleide tun. *Vielleicht macht Caleb ja bloß Spaß!*

Doch dann erinnerte sich Libby an die Hunde, die sie vom Hotelzimmer in Burlington aus gesehen hatte. Langsam konnte sie zwei und zwei zusammenzählen, und sie mochte das Resultat, das sie bekam, ganz und gar nicht.

In der Dunkelheit vor der Morgendämmerung machten sie sich auf – Caleb voraus, dann Emma und das Baby, Libby und zuletzt Jordan. Lautlos schlichen sie an den Häusern Denmarks vorbei. Nachdem sie den nördlichen Rand von Denmark erreicht hatten, glitt Caleb zwischen die laublosen Bäume.

Er schien einem Pfad zu folgen, aber Libby konnte ihn nicht erkennen. Dann, als die Dunkelheit allmählich abnahm, bemerkte sie eine undeutliche Linie von niedergedrücktem Gras. Bald verschwand sogar diese. Dies war kein normal markierter Weg für jedermann. Nur ein verbogener Ast hier und da half demjenigen, der wusste, worauf man achten musste.

Vor Libby bewegten sich Emmas nackte Füße über die kalte Erde, ohne ein Geräusch zu verursachen. Hinter Libby ging Jordan ebenfalls barfuß. Zwischen den beiden fühlte sich Libby seltsam geborgen – als ob die extremen Erfahrungen, die sie durchgemacht hatten, sie nun beschützen würden.

Mehr als einmal fragte sie sich, ob sie in der Lage sein würde, mitzuhalten. Beide Jungen waren in Form. Das schnelle Gehen durch den Wald schien für sie kein Problem zu sein. Nicht einmal Emma mit ihrem Baby blieb zurück. Ihr Schritt erschien leicht, als trage sie kein zusätzliches Gewicht.

Sie befanden sich schon weit im Wald, als Libby irgendwo hinter ihr Hunde bellen hörte. Emma zuckte zusammen und begann zu rennen.

Libby wirbelte herum, aber Bäume versperrten ihr die Sicht. Stattdessen sah sie Jordan – den ruhigen, starken Jordan – mit Schweißperlen über den Lippen. Angst sprach aus seinen Augen, und auch er lief schneller.

Aber Caleb drehte nur den Kopf, wie um sicherzugehen, dass sie alle folgten. »Es ist alles in Ordnung«, sagte er schnell. Obwohl er das bereits schnelle Tempo beschleunigte, zeigten seine Bewegungen keine Angst.

Libby spitzte die Ohren. Ihr Herz klopfte immer noch zum Zerspringen, als sie bemerkte, dass sich etwas verändert hatte. Hinter ihr hörte sie kein Hundegebell mehr. Es kamen keine Hunde mehr immer näher.

Als sie sich umsah, wusste Libby, dass auch Jordan den Unterschied hörte. Während er durch den Wald wanderte, spielte ein Lächeln um seine Lippen.

Libby hatte keine Ahnung, wie weit sie schon gegangen waren, als Jordan sie plötzlich überholte. Mit großen, langen Schritten holte er Caleb ein. Er streckte seine Hand aus und legte sie Caleb auf die Schulter.

Als Caleb sich umdrehte, hielt Jordan einen Finger vor die Lippen. »Psssst!«, schien er zu sagen. Mit einer schnellen Handbewegung bedeutete Jordan ihnen, den Pfad zu verlassen. Er führte sie in die Bäume, als suche er ein Versteck. Als er zu einem dichten Gewirr von Büschen kam, drängte Jordan sie zur gegenüberliegenden Seite und hielt an.

»Was ist los?«, flüsterte Caleb.

»Der Herr, Er hat mich gewarnt«, antwortete Jordan. »Er sagen: ›Beobachte den Fluss, Jordan. Am Fluss ist Gefahr.‹«

»Hat dir der Herr gesagt, was wir tun sollen?«, fragte Caleb, als habe er keinen Zweifel, was Jordans Fähigkeit anging, Gott zu hören.

Im grauen Licht vor der Dämmerung breitete sich ein Grinsen auf Jordans Gesicht aus. »Ich nehm an, Er sagt's dir.«

Libby konnte Calebs leises Lachen kaum hören. Doch die Seltsamkeit des Ganzen schockierte sie. Wie konnten sie einen Witz daraus machen, was eine entsetzliche Gefahr zu sein schien?

Einen Augenblick lang stand Caleb da und dachte nach. »Wir sind beinahe am Skunk River«, sagte er schließlich. »Es könnte Riggs sein. Falls er herausgefunden hat, dass wir nach Denmark gingen, weiß er, dass wir den Fluss überqueren müssen, um Burlington zu erreichen. Er weiß, dass es keine Brücke gibt. Und er kennt den besten Ort für die Überquerung.«

»Und wenn es nicht Riggs ist?«, fragte Libby.

»Die Männer, die Diakon Trowbridge gefolgt sind, könnten uns verfolgen – ohne ihre lärmigen Hunde.«

Was von beidem ist es? Libby fürchtete sich schon bei dem Gedanken daran. *Riggs vor uns? Oder Sklavenfänger hinter uns?*

Dann spannten sich Libbys Muskeln vor Angst. *Oder ist es beides? Wir könnten in der Mitte gefangen werden!*

Caleb sah so ruhig aus, als tue er solche Dinge jeden Tag. »Erinnert ihr euch an Pastor Salters Gebet?«, fragte er. »Dass wir wissen, welchen Weg wir nehmen sollen? Wir werden eine schwierige Überquerung versuchen.«

Und Pastor Salter betete noch etwas anderes, erinnerte sich Libby. *Gib ihnen Licht, wenn sie Licht brauchen, und Dunkelheit, wenn sie Dunkelheit brauchen.*

Als habe er Libbys Gedanken gehört, ergriff Caleb erneut das Wort. »Die Sonne geht bald auf. Wenn der Fluss noch zugefroren ist, gehen wir über den Fluss. Wenn nicht –«

Calebs Hände verkrampften sich, als fürchtete er den Gedanken. »Es gibt ein kleines Boot flussaufwärts von der Stelle, wo ich euch hinbringe. Es ist unter den Büschen am Fluss versteckt.«

Er wandte sich an Emma. »Wenn wir getrennt werden, gehen du und Libby voraus. Überquert den Fluss und geht weiter, bis ihr zu einem Bauernhof kommt. Geht nicht in die Nähe des Hauses. Der Mann, der dort wohnt, wird beobachtet. Versteckt euch in den Bäumen hinter dem Stall, und wir werden euch dort treffen.«

»Und wenn ihr nicht kommt?«, fragte Libby. Sie wollte nicht an diese Möglichkeit denken.

Caleb sah Libby mit festem Blick an. »Wenn wir nicht kommen, wird Emma wissen, was zu tun ist. Falls Jordan und ich euch nicht vor Einbruch der Dunkelheit wiederfinden, wartet nicht auf uns.«

»Wartet nicht?«, flüsterte Libby. »Wenn du und Jordan angehalten werden, was tust du dann?«

Caleb zuckte die Achseln. Ohne eine Antwort zu geben, wandte er sich ab. Als sie sich wieder aufmachten, kehrte er nicht zum Weg zurück, so undeutlich er auch war. Immer umging Caleb alle Äste, die knackten. Immer mied er alle Laubhaufen vom letzten Herbst – Laub, das vor Trockenheit rascheln könnte.

Dann, direkt vor ihnen, sah Libby den Rand eines Abhangs. Caleb ließ sich auf den Bauch fallen und schob sich nach vorn unter die Äste einer buschigen Stelle. Vorsichtig blickte er in alle Richtungen.

Bald kam er wieder unter den Büschen hervor. Er beugte sich zu Emma und Libby herüber und warnte sie. »Gerade hier ist das Ufer sehr steil. Genau genommen geht es zweieinhalb oder drei Meter runter. Niemand erwartet, dass ihr den Fluss hier überquert.«

Im frühen Licht der Dämmerung sah Libby, dass der Boden steil abfiel. Dann kam der Fluss.

»Das Eis hält«, flüsterte Caleb. »Wenn wir jetzt hinübergehen –«

Libby wusste, was er meinte. Schon in einer Stunde, wenn es wärmer wurde, konnte das Eis nachgeben.

»Du gehst vor«, sagte Caleb zu Libby. »Lass Emma dir das Baby herunterreichen. Wenn Emma weiter hinuntergeht, lass das Baby zu ihr hinunter.«

Emma war bereits dabei, das Deckenbündel schnell umzuformen. Als sie fertig war, bemerkte Libby, dass Emma an der äußersten Decke einen Griff befestigt hatte. Daran knotete sie eine weitere Decke, die ganz ausgestreckt war, wie ein Seil.

»Wartet nicht auf uns«, befahl Caleb Libby erneut. »Was auch immer passiert – du und Emma, ihr geht weiter.«

Caleb hielt ihre Hand, als Libby über den Rand des Abhangs glitt. Als sie nach einem Halt tastete, versanken ihre Füße dort, wo die Sonnenstrahlen nicht hinreichten, im Schnee.

Emmas nackte Füße!, dachte Libby noch, bevor sie ins Rutschen geriet.

Verzweifelt streckte sie die Hände aus, ergriff einen Ast und hielt sich an ihm fest. Aber der Ast brach, und Libby schlitterte weiter. Wieder streckte sie ihre Hände aus. Diesmal bekam sie den Stamm eines kleinen Baumes zu fassen.

Libby hatte kaum Zeit zu verschnaufen, als Emma ihr zurief. »Bereit?«, flüsterte sie, als berühre die Gefahr sie nicht.

Libby grub ihre Füße in den Schnee und lehnte ihren Körper gegen einen größeren Baum.

»Bereit!«, flüsterte sie zurück.

Vorsichtig ließ Emma das in Decken gewickelte Baby hinunter. Langsam ließ sie die zu einem Seil geknotete Decke herunter, dank des rutschigen Schnees glitt das Baby gut nach unten.

Gerade bevor der kleine Henry Libby erreichte, war das »Seil« zu Ende. Mit zitternden Händen kletterte Libby nach oben, ergriff das Bündel und hielt es fest.

In einer neuen Spur glitt Emma an Libby vorbei den Hügel hinunter. Am Rand des Flusses stützte sie sich ab. Mit klopfendem Herzen ließ Libby das Baby zu Emma hinunter.

»Ich hat ihn«, flüsterte Emma endlich. Einen Augenblick lang nahm sie ihr Baby dankbar in die Arme. Dann bewegten sich ihre Hände schnell und geschickt, um die Decken wieder zu richten.

Diesmal zog sie zwei lange Ecken heraus. Eine hängte

sie sich über die Schulter, die andere Ecke schob sie unter den anderen Arm. Am Rücken band sie die zwei Enden zusammen. Der kleine Henry war nun sicher vor ihre Brust gebettet, und Emma hatte die Hände frei.

Am Flussufer machte Libby einen Schritt nach unten in der Erwartung, Eis vorzufinden. Stattdessen trat sie in kaltes Wasser. Erschrocken kreischte sie.

»Pssst!«, kam die schnelle Warnung von oben.

Libby sprang aus dem Wasser zum Ufer, wo ihre Füße Halt fanden. Genau in diesem Augenblick schrie ein Mann: »Da drüben!«

»Fang ihn!«, rief ein anderer.

Die Sklavenfänger! Wie soeben von dem kalten Wasser bekam Libby einen fürchterlichen Schreck.

Im Wald oben knackte ein Ast. Hämmernde Füße schienen die Erde zu erschüttern, als die Jungen die Sklavenfänger weglockten.

»Du sagtest den Sklavenfängern, wo wir ist!« Emmas Flüstern war schneidend vor Wut.

Libbys Schrecken ging in Panik über. Schuld drückte sie nieder. *Was geschicht mit Caleb und Jordan? Was geschieht mit uns?*

»Das Eis –«, flüsterte Libby, unfähig zu entscheiden, was zu tun war. Im stärkeren Licht sah das Eis matschig und weich aus.

»Wir geht so oder so!« Emma probierte aus, ob sie Halt gewinnen konnte.

In diesen wenigen Augenblicken war die Lücke zwischen dem Flussufer und dem Eis scheinbar breiter geworden. Das kalte, dunkle Wasser wartete nur auf einen falschen Schritt.

Als Libby versuchte, ihre Füße zu platzieren, rutschte sie auf dem weichen Untergrund aus. Bevor sie aufschreien konnte, hielt Emma ihr mit einer Hand den Mund zu.

»Von jetzt an, ich führt dich!«, flüsterte sie ärgerlich. »Und du hörst auf mich!«

Mit ihrem Baby dicht an der Brust ging Emma neben dem Wasser in die Hocke. Erneut bemühte sich Libby, Halt zu finden. Genau in diesem Augenblick hörte sie einen schrillen Schrei. Sie drehte sich um und sah nach oben.

Das Gesicht eines Mannes spähte über den steilen Abhang.

»Da sind sie!«, rief er. »Ich habe sie gefunden!«

In der Falle!

Im nächsten Augenblick machte Emma einen Satz. Ihre nackten Füße landeten auf dem Eis, dann rutschten sie. Aber sie hielt ihr Gleichgewicht und begann zu laufen.

Dicht hinter ihr sprang Libby auch. Als sie nicht mehr rutschte, rannte sie Emma hinterher.

Das Eis fühlte sich weich an, als ob es jederzeit nachgeben würde. Vor ihr begann Emma einen Zickzackkurs.

Warum nimmt sie nicht den kürzesten Weg?, fragte sich Libby.

Nicht gewillt, ihr zu folgen, ging sie direkt in Richtung des entfernten Ufers. Plötzlich rief Emma ihr zu: »Dünnes Eis!«

Gerade noch rechtzeitig sah Libby einen Flecken Eis, der schwärzer war als der Rest. Sie konnte gerade noch rechtzeitig anhalten und damit verhindern, dass sie einbrach.

Libby brauchte keine weitere Warnung. Sie begann ebenfalls, im Zickzack zu laufen. Im zunehmenden Licht folgte sie dem weißen und stabileren Eis.

Einmal drehte sie sich um, um einen kurzen Blick zurück zu erhaschen. In diesem Augenblick rutschte ein Mann den steilen Abhang hinter ihnen herunter. Ein Sklavenfänger!

So schnell sie konnte, rannte Libby weiter. Als sie wieder hinschaute, holte der Mann auf. Obwohl sie schreckliche Angst hatte, fiel ihr auf, dass er ihr ein wenig vertraut vorkam.

Verzweifelt starrte Libby auf das Eis vor ihr. Ein großer umgefallener Baum hing über diese Seite des Flusses. *Wenn ich dieses Stück abkürze …* Aber Emma war darum herumgegangen.

Dann bemerkte Libby es. Wieder schwarzes Eis. Dünnes Eis bedeutete das. Libby hörte ein warnendes Knacken.

Erneut folgte sie Emma, statt die Abkürzung zu nehmen. Wenige Augenblicke später hörte Libby ein weiteres Knacken. Ein Mann schrie auf.

Libby hielt an und blickte zurück. In der Nähe des umgefallenen Baumes kämpfte der Sklavenfänger in offenem Wasser. Mit fuchtelnden Armen rief er um Hilfe.

Einen Augenblick lang war Libby unsicher, was sie tun sollte. Doch als der Mann ein weiteres Mal seine Hand nach oben schnellte, schaffte er es, einen Ast zu packen und sich daran festzuhalten.

In der Nähe des Ufers übersprang Libby nochmals eine Fläche mit schwarzem Wasser. Emma war bereits dabei, den fast senkrechten Abhang auf dieser Seite des Flusses hinaufzuklettern. Libby folgte ihr, indem sie sich an alles klammerte, woran sie sich festhalten konnte.

Auf halbem Weg hinauf schaute sie zum Sklavenfänger zurück. Mithilfe des Astes des umgefallenen Baumes hatte er es geschafft, sich auf den Stamm zu ziehen.

»Er wird einfrieren«, rief Libby Emma zu. »Er kann uns nicht folgen.«

»Jemand anders kann«, rief Emma zurück. »Beeil dich!«

Jemand anders. Bevor sie dieses wilde Rennen begannen, hatte Libby mindestens zwei Stimmen gehört. Wo war der andere Sklavenfänger?

Nun außer Atem, keuchte Libby, als sie den Rest des Wegs hochkletterte. Wo waren Caleb und Jordan? Hatte der andere Sklavenfänger sie erwischt?

Es ist meine Schuld, dachte Libby. *Ich habe mir selbst versprochen, dass ich Jordan nie verraten würde. Aber genau das habe ich getan. Ich habe alle verraten!*

Am oberen Ende des Abhangs machte Emma nur einen Augenblick lang Pause.

»Du hast mir das Leben gerettet!«, keuchte Libby, sobald sie wieder zu Atem kam. »Ich wäre glatt durch diese dünnen Stellen gefallen!«

Als ob es nicht wichtig wäre, zuckte Emma mit den Schultern.

»Ich meine es so!«, sagte Libby. »Danke!«

Emma drehte sich einfach um und ging weiter.

Sie erträgt mich nur. Erneut erinnerte sich Libby daran, dass sie die Übrigen verraten hatte.

Emma weiß, dass sie ohne mich besser dran wäre.

Plötzlich erinnerte sich Libby an Tante Vi. Sie hatte sich sehr bemüht, Libby eine gute Mutter zu sein, aber sie hatte nicht immer das Beste getan. Zum ersten Mal konnte Libby das verstehen. *Wenigstens hat sie es versucht.*

Erneut ging Emma so schnell, dass Libby kaum glauben konnte, dass sie ein drei Monate altes Baby bei sich trug. Während Libby versuchte, Schritt zu halten, fühlte sie sich je länger, desto elender. *Vielleicht möchte Tante Vi wissen, wie es mir geht. Vielleicht sollte ich ihr schreiben und es ihr berichten. Das heißt, wenn ich je zum Dampfer zurückkomme!*

Mit jedem Schritt schwappte Wasser in Libbys Schuhen. In der Morgenluft fühlten sich ihre Füße schmerzhaft kalt an, dann taub. Doch Emma hatte überhaupt keine Schuhe. Wenn sie ihr zuschaute, schämte sich Libby, dass sie sich beklagen wollte.

Calebs Richtungsangaben führten sie zu einer bewaldeten Schlucht. Als sie zwischen den steilen Hügeln kletterten, drehte sich Emma um und blickte zurück. Dann, als sei sie zufrieden, dass niemand ihnen folgte, ging sie weiter.

Senken in der Schlucht enthielten immer noch Flecken von Schnee. Jedes Mal, wenn Emma zu einem dieser Flecken kam, ging sie darum herum. Darum bemüht, ihrem Beispiel zu folgen, hielt sich Libby von allem fern, was für jemanden, der suchte, einen Fußabdruck hinterlassen würde.

Als sie ebenen Boden erreichten, fröstelte Libby. Aber Emma ging weiter. Ihre nackten Füße schienen über die kalte Erde zu fliegen.

Als Libby endlich ein Bauernhaus sah, wollte sie zur Tür rennen, klopfen und hereingelassen werden. Doch Emma blieb innerhalb der Baumlinie, bis sie die Scheune erreichten. Dann ging Emma weiter in den Wald hinein. Dort fand sie einen umgefallenen Baumstamm und setzte sich darauf.

Zwischen den Bäumen, wo der Märzwind nicht hinkam, war es wärmer, und Libby zog ihre nassen Schuhe aus. Sie hatte es sich gerade bequem gemacht, als sie ein Flüstern hörte.

»Kommt«, sagte Caleb. »Wir müssen weitergehen.«

»Ihr seid hier?«, rief Libby aus, hielt sich dann aber schnell den Mund zu. In ihrer Erleichterung hatte sie automatisch laut gesprochen.

Obwohl Libby keinen Pfad erkennen konnte, trieb Caleb sie alle voran, als kenne er jeden Busch.

»Wie weit ist es nach Burlington?«, fragte sie ihn einmal.

»15, vielleicht 16 Kilometer vom Bauernhaus aus.«

Tief im Wald erlaubte Caleb ihnen schließlich anzuhalten. Erst dann erfuhren die Mädchen, was passiert war. Als Caleb und Jordan die Sklavenfänger weglockten, folgten ihnen zuerst beide Männer. Dann fiel einer zurück, da er entschieden hatte, dass es besser war, den Fluss zu bewachen.

»Als er durchs Eis fiel, ging der andere Mann ihm helfen«, sagte Caleb. »Der zweite Sklavenfänger machte ein Feuer – und ratet mal, wer auftauchte?«

Niemand brauchte es Libby zu erzählen. »Riggs?«

»Jepp. Wir sahen, wie sie miteinander sprachen. Jordan und ich hielten uns an den Wald auf der Südseite des Flusses. Wir gingen weiter oben über den Fluss.«

Plötzlich erkannte Libby, wieso der Sklavenfänger ihr vertraut erschien. »Das ist der Mann, der vor dem Laden in Saint Louis mit Riggs gesprochen hat! Riggs zahlt ihn also dafür?«

»Ich fürchte, ja«, antwortete Caleb. »Riggs schickte den Fänger wahrscheinlich dorthin, wo sich Jordans

Mutter befindet. Es würde einleuchten, dass Jordan dorthin ginge.«

»Und der andere Fänger?«, wollte Libby wissen.

»Jemand, der Diakon Trowbridge und das Baby suchte.«

»Und mich«, fügte Emma hinzu.

»Wer auch immer die Fänger sind, sie sind geldgierig«, stellte Caleb fest.

»Denkst du, wir sind ihnen allen entkommen?«, fragte Libby.

»Nö. Wenn wir im Wald bleiben, werden sie uns nicht finden, aber sie werden ahnen, wo wir hingehen. Falls die Sklavenfänger Pferde mieten, falls Riggs *sein* Pferd nicht schont –«

Schreckliche Angst zog Libby den Magen zusammen. »Sie werden darauf warten, dass wir nach Burlington kommen.«

»Außer, wir sind vor ihnen dort.« Caleb erhob sich. Einmal mehr führte er sie weiter.

Libby wusste nicht genau, wann sie das Gefühl bekam, keinen Schritt mehr gehen zu können. Wahrscheinlich war es, als sich Blasen an ihren Füßen bildeten. Oder als ihre nassen Schuhe zu schwer schienen, um damit noch einen weiteren Schritt zu machen. Wann auch immer es war – Libbys ganzer Körper schmerzte.

»Können wir nicht bis zur Dunkelheit warten?«, fragte sie Caleb.

Er schüttelte den Kopf. »Das tun alle. Und du vergisst etwas. Dein Papa muss Burlington heute Abend verlassen. Wir *müssen* zurückgehen.«

Irgendwo auf den Kilometern danach wurde Libby beschämt. Jordan sah aus, als habe er gerade erst zu gehen begonnen und als könne er noch kilometerweit marschieren. Bei Emma war es nicht anders. Sie war auf dem Weg ins Gelobte Land.

Sogar Caleb schien solch eine lange Wanderung gewohnt. Als sie sich Burlington näherten, hielt er plötzlich an. Libby ließ sich auf einen Baumstumpf fallen. Sie war davon überzeugt, dass sie die Kraft zum Aufstehen nicht mehr aufbringen würde. Caleb kletterte auf einen hohen Baum.

Von dort aus überblickte er die Landschaft. Währenddessen hörte Libby ein galoppierendes Pferd. Das Donnern der Hufe sagte ihr mehr, als sie wissen wollte.

Caleb ließ sich vom Baum heruntergleiten. »Es ist Riggs! Er ist auf direktem Weg zu Pastor Salters Stall!«

Auf einer Abkürzung führte Caleb sie durch eine bewaldete Schlucht. Als sie endlich zur Rückseite der Scheune gelangten, dachte Libby, sie habe noch nie in ihrem Leben etwas so Schönes gesehen.

Sobald sie hineingingen, schloss Caleb die Tore mit einem hölzernen Balken. Sekunden später hörte Libby das rhythmische Aufschlagen von Hufen auf der Straße neben der Scheune. Immer näher kam das Pferd. Plötzlich hörten die Hufgeräusche auf.

»Es ist Riggs«, berichtete Caleb von seinem Beobachtungsposten am Fenster. »Er steht unter den Bäumen hinter dem Stall.«

Bald hörte Libby mehr Pferde. Vom Fenster an einer anderen Seite meldete Jordan: »Zwei Sklavenfänger da!« Sie standen ebenfalls gerade innerhalb der Baumreihe.

»Wir sind umzingelt?«, fragte Libby Caleb.

»Riggs beobachtet das Tor, durch das wir hereingekommen sind. Die Sklavenfänger bewachen das große Tor. Wenn wir das dritte Tor benutzten – das, welches zum Haus führt –, würden wir die Familie Salter in Schwierigkeiten bringen.«

Libbys Magen zog sich zusammen. Gerade, als sie dachte, sie seien beinahe in Sicherheit, wurde alles sogar noch schlimmer. Wie konnten sie nur zur *Christina* gelangen, ohne gesehen zu werden?

Hoffnungslos ließ sich Libby auf einen Heuhaufen fallen. Daneben fand auch Emma einen weichen Platz. Aus der Tasche, die sie trug, zog sie eine Windel heraus und wickelte den kleinen Henry; dann begann sie ihn zu stillen.

Als die Minuten verstrichen, wurde Libby immer nervöser. »Glaubst du, Pastor Salter weiß, dass die Männer hier sind?«

»Nö«, antwortete Caleb. »Alle drei stehen dort, wo man sie vom Haus aus nicht sehen kann. Und die Salters können nicht wissen, dass wir zurück sind.«

»Worauf warten die Sklavenfänger denn?«, fragte Libby.

Caleb war sich nicht sicher. »Vielleicht denken sie, dass wir erst noch kommen. Ich habe jede Abkürzung genommen, die ich kenne.«

»Und Riggs?«

»Vielleicht wartet er, bis es dunkel wird. Oder vielleicht lässt er noch mehr Männer kommen, Männer, die ihm helfen, sicherzustellen, dass wir nicht entkommen.«

Libby fröstelte. So oder so würden sie verlieren.

Immer wenn Henry wimmerte, wiegte Emma ihn. Jedes Mal, wenn sie aufstand, um hin und her zu gehen, schien ihre Angst zuzunehmen.

Libby hatte das Gefühl, dass eine Uhr mit jeder Minute, die verging, lauter tickte. *Wie lange kann Emma das Baby noch ruhig halten?*

Als Caleb sie alle in einem von den Fenstern entfernten Teil der Scheune versammelte, setzte sich Libby wieder neben Emma. »Hat dein Mann dein Baby je gesehen?«, fragte sie.

»Nur einmal er ihn gesehen. In der Nacht, als der kleine Henry geboren wurde, schlich sich der große Henry in meine Hütte. ›Dank Gott!‹, sagt er. ›Was für ein Sohn!‹«

Emmas schwarze Augen füllten sich mit Tränen. »In dieser Nacht er schafftet, von Old Massa wegzulaufen.«

»Ist dein Mann jetzt in Kanada?«, fragte Libby.

Emma nickte. »Wenn wir ins Gelobte Land kommen, dieses Baby wird sicher sein Daddy kennen!«

»Wir brauchen einen Plan«, sagte Caleb plötzlich. »Einen kühnen Plan. Jeder weiß, dass flüchtige Sklaven nachts aufbrechen. Und dies erwarten auch Riggs und die Sklavenfänger. Wir müssen etwas tun, was sie nicht erwarten.«

Jordan kapierte sofort. »Wir muss vor der Dunkelheit gehen.«

»Am helllichten Tag?« Für Libby war es schwierig genug, in der Nacht herumzuschleichen.

»Wir können nicht auf die Dunkelheit warten«, sagte Caleb. »Es ist schlimm genug, drei Männer da draußen zu haben. Wir können nicht riskieren, dass noch mehr kommen. Irgendwie müssen Jordan, Emma und Henry zur *Christina* gelangen, ohne gesehen zu werden.«

»Aber wie?«, fragte Libby.

»Jemand von uns muss an Riggs und den Sklavenfängern vorbei hinausgehen«, antwortete Caleb. »Und zwar so hinausgehen, dass sie nicht erkennen, was wir tun.«

»Diese Fänger kennen mich«, sagte Emma. »Young Massa hat einer von ihnen angeheuert. Und er kennen mein Baby!«

»Dieser Riggs! Wenn er mein Gesicht nicht kennen, er kennen sicher mein Rücken!«, meinte Jordan.

»Also, Caleb«, sagte Libby. »Ich schätze, es ist an dir zu gehen.« Aber Caleb blieb still. Als er nicht antwortete, erinnerte sich Libby an etwas.

»Warum warnte der Bauer dich? Und dieser Quäker in Salem? Warum ist es für dich gefährlich, in dieser Gegend zu sein? Kennen alle Sklavenfänger dich?«

»Sie wissen, dass – wo immer ich auch bin – sehr wahrscheinlich ein flüchtiger Sklave bei mir ist. Sie wollen mich an dem hindern, was ich tue.«

Und trotzdem tust du es! Früher hätte sich Libby gefragt, wieso Caleb da hineingezogen worden war. Nun meinte sie es zu wissen.

Als sich die Stille in die Länge zog, blickte Libby von Caleb zu Jordan, dann zu Emma. Es war Caleb, der als Erstes wieder sprach. »Libby –«

»Du brauchst es mir nicht zu sagen«, unterbrach sie ihn. Jedes Mal, wenn Riggs in ihre Nähe gekommen war, hatte Caleb sie geschützt. Er hatte den Sklavenhändler davon abgehalten, ihr Gesicht zu sehen. Sogar der eine

Sklavenfänger, der ihr über den Fluss gefolgt war, hatte mehr von ihrem Rücken als von ihrem Gesicht gesehen.

»Wenn wir das Baby an ihnen vorbeibringen könnten –«, meinte Caleb.

»Nur das Baby?«, fragte Libby.

»Falls Henry schreit, verrät er alle anderen.«

»Du willst also, dass ich Henry mitnehme?«

Caleb nickte. »Wenn du das tust, hat der Rest von uns eine größere Chance hinauszuschleichen.«

»Aber wie kann ich ihn ruhig halten?«

»Wenn du ihn wiegs'«, sagte Emma. »Er haben Wiegen am liebsten.«

»Ihn vor Riggs und den Sklavenfängern wiegen? Wie kann ich das tun?« Erneut schaute Libby von einem zum anderen. Niemand antwortete.

»Du hast gesehen, wie die Männer miteinander sprachen«, sagte sie Caleb. »Falls ich ein Baby trage, werden alle drei wissen, woher es gekommen ist.«

Dann sah Libby Emma an. Sie saß wieder auf einem Heuhaufen und hielt ihr schlafendes Baby sanft in den Armen. Da die Decken etwas zur Seite geschoben waren, konnte Libby die langen schwarzen Wimpern und das krause Haar des kleinen Henry sehen. Er schlief ganz friedlich, als könne keine Gefahr ihn je treffen. Aber wenn Emma gehen müsste …

Plötzlich hatte Libby eine Idee. »Ihn wiegen – aber nicht in meinen Armen. Wie wäre es damit, ihn in einem Wagen zu rollen?«

Emma verstand sie nicht, aber Caleb schon. »In einem Wagen, der von einem Neufundländer gezogen wird!«

Libby erklärte es Emma und fragte dann: »Würde das funktionieren?«

»Vielleicht«, antwortete sie. Aber sie war sich nicht sicher.

»Ich könnte aus einem Fenster klettern –« Libby sah zu Caleb hinüber.

Er nickte. »Riggs ist an dieser Seite des Stalls und beobachtet das Tor, durch das wir hereinkamen.« Caleb zeichnete mit einem Stock eine Skizze der Scheune auf den Erdboden. »Die Fänger sind hier drüben und bewachen das große Tor. Falls du durch das dritte Tor hinausgingst, würden sie dich zum Haus gehen sehen. Aber du könntest aus diesem Fenster klettern. Geh in diese Richtung –«

Caleb hob den Kopf, um Libby in die Augen zu schauen. »Du könntest nah an die Straße gelangen, bevor Riggs dich sieht. Wenn es nur *eine* Person ist, wird er es vielleicht nicht kapieren.«

»Ich könnte Samson holen«, plante Libby weiter. »Ich könnte so tun, als ob ich den Salters Wäsche bringen würde. Ich würde dann hier anhalten und das Baby mitnehmen.«

Plötzlich schien der Gedanke daran, was sie tun musste, zu beängstigend zu sein, als dass sie es meistern konnte. »Was ist, wenn es nicht funktioniert?«

Aber Caleb machte bereits Pläne. »Libby, weißt du den Weg zur *Christina* zurück?«

»Wir rannten so schnell, dass ich mir den Weg nicht gemerkt habe.«

»Dann zeige ich ihn dir.« Erneut nahm Caleb den Stock zur Hand und zeichnete auf den Erdboden. »Hier sind wir –«

Bald wurden seine Striche zu Straßen. Innerhalb kürzester Zeit führten diese Straßen zum Fluss.

»Alles, was du zu tun hast, ist, zur *Christina* zu gelangen und Hilfe zu holen.«

»Was ist, wenn Papa nicht dort ist?«, fragte Libby.

»Frag Oma«, sagte Caleb. »Sie wird dir sagen, was du tun musst.«

»Und wenn sie nicht dort ist?«

»Sprich mit Osborne. Er ist *immer* dort.«

Libby fühlte sich immer noch zittrig. Ihre Rolle im Plan schien sehr einfach zu sein verglichen mit dem, was Jordan und Emma schon getan hatten. Doch Libby konnte ihre schreckliche Angst nicht beiseiteschieben.

Nach all dem, was Emma zugestoßen ist – was, wenn ich ihr Baby verliere?

Die Wäschekorb-Verkleidung

Libby?«, unterbrach Caleb ihre Gedanken. »Du machst dich am besten direkt auf den Weg.«

Langsam stand Libby auf und ging zum Melkschemel hinüber, den Caleb unter ein Fenster gestellt hatte. Ihre von Panik erfüllten Gedanken schwirrten. *Ich habe sie schon einmal verraten. Was, wenn ich es noch mal tue?*

Doch da war noch mehr. Sogar mehr als das Versagen, das Libby fürchtete. In nur wenigen Stunden hatte sie Caleb, Jordan und Emma besser kennengelernt als alle ihre Freunde aus Chicago. Zusammen waren die vier mit Leben und Tod konfrontiert worden.

Gehören sie zu meiner Gib-nie-auf-Familie?, fragte sich Libby. *Was ist, wenn etwas passiert und ich sie nie wieder sehe?*

Neben ihr stand Caleb, der seltsame Junge, den sie nun bewunderte. Der Junge, der sich für seine Überzeugungen einsetzte. Und trotzdem machte es mehr Spaß, mit ihm zusammen zu sein, als mit irgendeinem anderen Jungen.

Wegen seines ehrlichen Blicks wusste Libby, dass auch sie ehrlich sein musste. Wenn nicht, würde immer etwas zwischen ihnen stehen.

»Ich muss dir etwas sagen«, begann sie. »Es tut mir leid, was ich gesagt habe, als ich an Bord der *Christina* kam.«

Calebs Blick zu Jordan und Emma sagte Libby, dass er genau wusste, wovon sie sprach.

»Ich vergebe dir, Libby«, sagte er. »Wenn Jordan und Emma davon wüssten, würden sie dir auch vergeben.«

Aber Libby war damit nicht zufrieden. *Wenn ich eine Gib-nie-auf-Familie will, muss ich auch ein solcher Mensch sein.* Libby verließ das Fenster und ging zu den anderen zurück.

»Jordan –« Sie hielt inne.

Irgendwie wusste es Jordan, wusste, dass sie sich nie genug gekümmert hatte, um herauszufinden, was mit seinem Volk geschah.

»Irgendwann ich erzähle dir, Libby«, sagte er. »Ich erzähle dir, wie ich entkam.«

Aber es war Emma, die Libby am meisten Sorgen bereitete. Libby ging in die Knie und versuchte, Emma in die Augen zu schauen. »Vertraust du mir, Emma? Vertraust du mir mit dem kleinen Henry?«

Zuerst sah Emma sie nicht an. Als sie schließlich den Blick hob, sahen ihre Augen immer noch dunkel und ängstlich aus. Dann sagte sie: »Ich vertraut dir, Libby. Ich vertraut dir mit meinem Baby.«

»Bist du dir sicher, Emma? Was, wenn etwas schiefgeht?« Libby fürchtete sich schon allein bei dem Gedanken daran.

»Du sein ein guter Schaffner, Libby. Du wird deine Passagiere nicht verlieren.«

»Aber ich habe *Angst*!«, jammerte Libby. »Ich kann all die Dinge, die ihr tut, nicht! Ich kann nicht durch Sümpfe gehen oder mit Sklavenfängern sprechen oder jemandem vergeben, der mich schlägt. Ich kann nicht –«

Caleb unterbrach sie. »Libby, tu einfach, was vor dir liegt.«

»Caleb?« Libby war sich immer noch nicht sicher, was dieses Beten anging. Aber wenn es helfen könnte … »Caleb, werden du und Jordan und Emma für mich beten?«

Caleb nickte. »Die ganze Zeit.«

»Ich meine jetzt«, sagte Libby.

»Ich mag Pastor Salters Gebet«, antwortete Caleb. Er neigte den Kopf. »Herr, hilf Libby zu wissen, wohin sie gehen soll.«

Als sie Calebs Stimme hörte, fühlte sich Libby seltsam bewegt. So mit Gott zu sprechen, schien so – so sicher.

»Gib ihr eine Verkleidung«, fuhr Caleb fort. »Errette sie und uns von all unseren Feinden.«

»Amen!«, betete Jordan.

»Amen, Amen!«, flüsterte Emma.

Aber wird es wirklich funktionieren?, fragte sich Libby. *Wird dieses Gebet für mich funktionieren?*

Erneut blickte Caleb an einer Seite aus der Scheune. Die Sklavenfänger waren immer noch da und starrten in die Schlucht, als erwarteten sie, dass jeden Augenblick jemand erschiene.

Jordan sah auf der anderen Seite hinaus. Direkt neben einem Baumstamm, als versuche er, außer Sicht zu bleiben, wartete Riggs.

»Ich komme mit meinem Hund zurück«, versprach Libby Emma. »Sei bereit mit dem kleinen Henry, wenn ich komme.«

Noch einmal half Caleb Libby, auf den Melkschemel

zu steigen. Als sie sich am Fensterbrett festhielt, kam Caleb noch ein anderer Gedanke. »Übrigens, du solltest wissen, dass Herr Bates ein Sympathisant der Südstaaten ist.«

»Herr Bates?« Libby starrte Caleb an. »Der Erste Offizier der *Christina*? Du meinst, wenn er die Wahl hätte, wäre Herr Bates auf der Seite der Sklavenfänger?«

»Vielleicht.«

»Er würde Riggs helfen?«

»Vielleicht. Vertrau ihm einfach nicht.«

Draußen vor dem Fenster waren Büsche. Dahinter befand sich eine matschige Straße. *Wenn ich nur die Straße erreichen kann, wenn ich nur weggehen kann …*

Während Libby durchs Fenster stieg, war sie froh, dass sie kein teures Kleid mehr trug. Als sie sich auf den Boden fallen ließ, klopfte ihr Herz. Sie schaute sich schnell um, davon überzeugt, dass man sie kilometerweit hören konnte. Aber kein Sklavenfänger, nicht einmal Riggs, spähte um die Ecke.

Libby richtete sich auf. Sie bürstete sich die Haare zurück und zog ihre Quäkerhaube über. Nachdem sie ihren Rock in die richtige Stellung geglättet hatte, atmete sie einmal tief durch und machte sich auf den Weg.

Als sie die Stelle erreichte, wo Riggs sie sehen konnte, änderte Libby ihr Tempo nicht. Sie schaute sich auch nicht um. Darauf vertrauend, dass der breite Rand der Haube ihr Gesicht verbergen würde, kehrte sie dem Sklavenhändler weiterhin den Rücken zu.

Ohne den Kopf nach links oder rechts zu drehen, ging Libby, mit zurückgezogenen Schultern und selbstsicheren Schritten. Sie ging, als sei ihr Leben einfach und nie gefährlich. Erst als sie sich sicher war, dass ein Hügel zwischen ihr und den Männern lag, sodass sie von ihnen nicht mehr gesehen werden konnte, wagte sie einen Blick zurück.

Als Libby sich vergewissert hatte, dass niemand ihr folgte, fing sie an zu laufen. Bald zerrissen ihre abgehackte Atemzüge beinahe ihre Brust, und sie musste anhalten. Doch schon nach kurzer Zeit eilte sie weiter.

Nach den vielen Kilometern, die sie heute bereits gegangen war, schienen die sechs oder sieben Häuserblocks bis zum Fluss ewig zu dauern. Als Libby die Anlegeplanke hinaufwankte, stand Samson am oberen Ende der Planke, als habe sie ihn gerade erst verlassen. Als er Libby sah, wedelte er mit dem Schwanz, bis er ihm eigentlich hätte abfallen müssen.

»Guter Hund!«, sagte Libby schnell, als sie an ihm vorbeieilte. Mit neuer Energie ging sie zur Kajüte ihres Vaters. Als wolle er sie nie mehr aus den Augen lassen, folgte Samson ihr dicht auf den Fersen. Aber Kapitän Norstad war nicht da.

Libby lief zur Kombüse und erfuhr, dass Oma Lebensmittel einkaufte. Und als Libby Osborne ausfindig machen wollte, erfuhr sie, dass auch er nach Burlington hineingegangen war.

Libbys Herz wurde wieder von Furcht erfüllt. *Gibt es noch jemand anders, dem ich vertrauen kann? Ich hätte Caleb fragen sollen.*

Als sie versuchte zu entscheiden, was sie tun sollte, schlug Samsons Schwanz gegen sie. Schließlich bemerkte Libby es.

»Du armer Hund!«, rief sie aus. »Nachdem ich drei Tage weg gewesen war, beachte ich dich nicht einmal!« Sie kniete sich nieder und streichelte seinen Rücken, dann kraulte sie ihn hinter den Ohren.

Aber Libby drehte sich der Magen um. »Wir sind auf uns allein gestellt, Samson«, flüsterte sie ihm ins Ohr. »Ich wünschte nur, dass uns jemand helfen könnte!«

Genau in diesem Augenblick hörte Libby eine Stimme hinter ihr. »Kann ich etwas für Sie tun?«

»Ja, ich brauche –«, begann sie. Dann schaute sie auf. *Bates! Der Erste Offizier!*

Zum ersten Mal, seit Libby ihn kannte, klang er hilfsbereit. Dann kamen ihr plötzlich Calebs Worte in den Sinn. *Er ist ein Sympathisant der Südstaaten.*

Mit wachsender Panik rappelte Libby sich auf. »Ich brauche –« Auf einmal bekam sie laut hörbar einen Schluckauf.

Herr Bates starrte sie an. »Sie brauchen was?«

Libby hielt die Luft an. Aber als sie den Mund zum Sprechen öffnete, gluckste sie erneut.

»Sagen Sie es nicht, junge Dame. Sie benötigen ein Glas Wasser!«

Libby nickte. In dem Augenblick, als Bates einen Kellner um Wasser bat, floh Libby.

Die Kombüse war vom Geruch von frisch gebackenen Fruchttörtchen erfüllt. Libby fand innerhalb kurzer Zeit einen Wäschekorb und ein großes Tischtuch. Auf dem Hauptdeck stöberte sie den Wagen auf. Sie fingerte ungeschickt herum, aber schließlich saß Samsons Geschirr genau richtig.

Ich bin bereit!, dachte Libby. *Nein, noch nicht ganz.*

Riggs und die Sklavenfänger würden nie erwarten, dass ein Sklave auf der Flucht ein schickes Kleid trug.

Libby schnappte sich den Korb und rannte zu ihrer Kajüte zurück. Dort öffnete sie das Tischtuch und benutzte es, um den Korb auszupolstern. Dann stellte sie ein Paar Schuhe hinein. Sie riss ihren Schrankkoffer auf, fand Handschuhe darin und machte dann ein Stück dünnen Stoff ausfindig, den sie als Schleier gebrauchen konnte. Mit großen, langen Stichen nähte sie den Schleier an die Krempe ihrer Quäkerhaube.

Nun ein Kleid für Emma. Welches ist wohl das beste?

Emma und Libby waren beinahe gleich groß, und Libby zog ein Kleid nach dem anderen heraus. Keines davon schien das richtige zu sein. Schließlich kam sie zu dem blassgrünen Kleid, das sie am liebsten hatte – das Kleid, das Libby an ihre Mutter erinnerte.

Als ich dieses Kleid trug, fanden Tante Vi und Onkel Alex, dass ich hübsch aussehe. Sogar meine Freunde sagten mir das. Dies ist das Kleid, das ich anziehe, wenn ich mich von meiner besten Seite zeigen will.

Dann kam Libby etwas in den Sinn. *Es ist ein wenig größer um die Taille für eine Frau, die gerade ein Baby bekommen hat.*

Einen Augenblick lang streichelte Libby den blassgrünen Stoff. Dann, bevor sie ihre Meinung ändern konnte, faltete sie das Kleid und legte es in den Korb.

Schnell zog Libby ein anderes Kleid und eine eigene Haube an. Von ganzem Herzen hoffte sie, als eine andere Person durchzugehen als diejenige, die sich von der Scheune entfernt hatte.

Wieder zurück auf dem Hauptdeck, setzte Libby den Wäschekorb in den Wagen. Als sie eine Leine an Samsons Halsband befestigte, sprach Herr Bates sie von hinten an.

»Hier ist Ihr Wasser, Fräulein.«

Diesmal setzte Libby das Lächeln auf, das sie vor dem Spiegel geübt hatte. »Danke schön, Herr Bates.«

In einem Zug trank sie das Wasser aus, dann sagte sie: »Ich gehe noch mit Samson ein wenig spazieren.«

Sie gingen die Anlegeplanke hinunter, und Libby übernahm die Führung. Als sie das Ufer erreichten, ging Samson neben ihr her, als habe er dies schon unzählige Male getan. Bei jedem Schritt, den der Hund machte, fuhr der Wagen hinter ihm her.

Libby und Samson gingen den Hügel hinauf, wieder auf den Straßen, die zur Scheune der Salters führten. Immer wenn Samson unsicher zu sein schien, was er tun sollte, hob Libby die Leine und zog leicht am Halsband. Samson verstand, was sie von ihm verlangte.

Als sie sich schließlich dem Haus der Salters näherten, war die Sonne hinter den Bäumen verschwunden. Waren die Männer immer noch da und warteten auf die Dunkelheit? Wenn ja, blieb nicht mehr viel Zeit.

Libbys Hände wurden feuchtkalt. Jede Faser ihres Körpers sehnte sich danach zu rennen. Aber ihr kam eine Idee. *Was würde ich tun, wenn meine Mutter eine Wäscherin wäre?*

Plötzlich wusste Libby es. Als würden alle ihre Gedanken der sauberen Wäsche gelten, die sie abliefern musste, ging sie zur Seitentür. Sie hob ihre Hand und tat so, als klopfe sie.

Einige Minuten lang stand sie da, als warte sie auf eine Antwort. Als niemand kam, ging Libby forschen Schrittes zum Stall. Samson, immer noch an der Leine, folgte ihr mit dem Wagen.

»Jemand zu Hause?«, rief Libby.

Innerhalb der Baumreihe warteten immer noch die Sklavenfänger. Als Libby in ihre Richtung schaute, machten sie einen Schritt zurück, sodass sie nicht mehr zu sehen waren. Hätte Libby nicht gewusst, dass sie dort waren, hätte sie sie übersehen.

»Jemand zu Hause?«, rief Libby erneut, als sie zu einem Fenster der Scheune kam. Samson folgte ihr wieder. Auf Zehenspitzen spähte Libby hinein.

So, als suche sie immer noch, ging sie zum größten Tor des Stalles. Als sie die Tür ausprobierte, war sie nicht verschlossen. Libby öffnete sie weit genug, dass Samson ihr folgen konnte, und schlüpfte hindurch.

Caleb stand wartend im Schatten. Mit einer schnellen Bewegung hob er die Kleider aus dem Korb. Sanft bettete Emma ihr Baby hinein. Lose zog sie den Stoff zusammen.

»Ist Riggs immer noch da?«, flüsterte Libby.

»Immer noch«, sagte Caleb leise. »Wir schleichen uns hinaus, sobald wir können.«

»Komm, Samson«, rief Libby, als sie wieder nach draußen ging. Die Hand immer noch an der Leine, machte sich Libby auf in Richtung Straße. Dann hatte sie noch eine Idee.

»Lass es uns noch mal beim Haus versuchen«, sagte sie zu Samson, in einer Lautstärke, von der sie hoffte, dass die Sklavenfänger sie hörten. Sie hoffte auch, dass

Caleb sie immer noch aus der Scheune heraus beobachtete.

Diesmal klopfte Libby leise in dem Rhythmus, den sie bei Caleb gehört hatte. Beinahe augenblicklich öffnete Frau Salter.

»Ich habe einen Wäschekorb hier«, sagte Libby. Schnell nahm sie ihn auf.

Überraschung machte sich auf Frau Salters Gesicht bemerkbar, aber ihre Stimme war einladend warm. »Komm herein, komm herein!«

Sobald Libby die Küche betrat, sprach sie leise. »Zwei Sklavenfänger und ein Sklavenhändler beobachten Ihre Scheune. Caleb und die anderen können nicht hinausgehen, solange sie dort sind.«

»Verstehe.« Frau Salter lächelte. »Ich frage mich, ob die drei Herren gerne zu Abend essen würden? Besonders, wenn ich es außer Sichtweite der Scheune serviere? Auf der Veranda auf der Vorderseite zum Beispiel?«

Libby grinste. »Sie sind bestimmt hungrig.«

Aus dem Korb gurrte der kleine Henry. Frau Salter streckte ihre Hände nach unten und zog erst den Stoff, dann die Decken beiseite. »Was für ein wertvolles Bündel trägst du da!«

Sanft legte sie die Decken und die Tischdecke wieder an ihren Platz. Als Libby das Haus verließ, fühlte sie sich durch Frau Salters Lächeln erwärmt.

Nachdem sie den Wäschekorb in den Wagen gestellt hatte, sprach Libby mit Samson. »Komm, Junge. Komm.« Mit einem leichten Ziehen an seinem Halsband führte sie ihn weg.

Aber Libby war erneut nervös. Sie hatte nur einen Gedanken: »Wenn ich Henry nur zur *Christina* bringen kann, bevor er zu weinen beginnt!«

Die Gib-nie-auf-Familie

Die lange Straße zum Fluss hinunter ging Libby, während Samson treu neben ihr hertappte. Als sie die *Christina* erreichten, war es um sie herum Nacht geworden. Die Laterne in der Nähe der Anlegeplanke hieß Libby zu Hause willkommen.

Schnell nahm sie Samson das Geschirr ab. Als Libby den Wäschekorb aufhob, folgte ihr der Hund zum »Texas«. In ihrem Zimmer zog Libby die Decken auf eine Seite. Henry schlief tief und fest!

Zum ersten Mal seit Jahren hauchte Libby ein Dankgebet. Aber sie fragte sich: *Was tue ich, wenn Emma nicht bald kommt?* Sie hatte keine Ahnung, wie sie ein Baby stillen konnte.

Aus dem Fenster ihrer Kajüte schauend, hielt sie Ausschau nach Schatten. Schließlich entdeckte sie sie. Drei Schatten schlichen die Lagerhalle entlang, bei der sich die Männer in jener ersten Nacht versteckt hatten.

Diesmal wusste Libby, wer zu den Schatten gehörte. Sie eilte aus ihrem Zimmer und schloss die Tür hinter sich. Den ganzen Weg die Treppen hinunter hielt sie nach Bates Ausschau. Vor der großen Hauptkajüte rannte sie beinahe in ihn hinein.

Libby rang nach Luft. »Guten Abend, Herr Bates«, sagte sie.

»Guten Abend, Fräulein«, antwortete er.

Plötzlich hatte Libby eine Idee. »Herr Bates, wussten Sie, dass Calebs Großmutter heute Nachmittag Ihre Lieblings-Fruchttörtchen gemacht hat?«

Zu Libbys Überraschung verzogen sich seine dünnen Lippen zu einem Lächeln. »Nein, das wusste ich nicht. Danke, dass du es mir gesagt hast.« Damit drehte er sich um und ging in Richtung Kombüse.

Libby grinste vor sich hin. *Wenn niemand da ist, der ihn sieht, isst er einige Fruchttörtchen! Wie viel Zeit gibt uns das?*

Sobald der Erste Offizier außer Sichtweite war, rannte Libby zum Vorderdeck hinunter. Sie hob das Laternenglas und blies die Flamme aus.

In der Nähe der Anlegeplanke wartete sie. Neben ihr hockte Samson und wartete mit ihr.

Augenblicke später hörte Libby leise Schritte die Anlegeplanke heraufrennen. Als Emma die Reling erreichte, schaute sie zurück, wie um nachzusehen, ob sie verfolgt wurde.

Dann trat Libby nach vorn, um ihre drei neuen Freunde willkommen zu heißen. Sie und Emma rannten direkt die Treppe zum »Texas« hinauf. Der kleine Henry öffnete gerade die Augen.

Emma legte die Decken beiseite und nahm Henry auf den Arm. Als sie ihn nah an ihr Gesicht hielt, sagte sie: »Kleiner Henry, du wird dein Daddy sehen! Und wenn du nach Kanada kommt, du ist *frei*!«

Als das Baby zu seiner Mutter aufschaute, ruderte es mit den Armen.

Emma lachte. »Siehst du, was für ein schlauer Junge ich hat? Er weiß, was sein Mamma ihm erzählt, ganz bestimmt!«

Erneut wickelte Emma die Decken um das Baby.

Diesmal hielt sie es Libby hin. Als Libby den kleinen Henry nahm, wiegte sie ihn in den Armen.

»Wie habt ihr die Scheune verlassen?«

Emmas Grinsen erreichte sogar ihre Augen. »Diese Frau – diese Dame im Haus –, weißt du, was sie getan? Sie fragen diese drei Männer, die uns beobachten, ob sie wollen Abendessen. ›Ja, gnädige Frau!‹, sagen sie.

›Also dann‹, die Dame sagen. ›Kommen Sie zur Veranda auf der Vorderseite.‹ Als sie dort saßen und ihr Essen verschlingen, na, wir uns davonstahlen!«

Libby kicherte. »Es hat funktioniert!«

»Caleb, er sagen, wir müssen gleich jetzt weitergehen«, fuhr Emma fort. »Ich ziehe mich um, so schnell ich kann.«

»Umziehen?«, fragte Libby. »Oh nein! Ich möchte, dass du mein grünes Kleid trägst. Du hast immer noch einen weiten Weg vor dir, bevor du Kanada erreichst.«

Emma starrte sie ungläubig an. »Du will, dass ich *das* anhabe?«

»Ich hoffe, dass es deine Verkleidung ist«, antwortete Libby. »Hast du gesehen, wie schön du aussiehst?«

Als Emmas schwarze Augen sich mit denen des Mädchens im Spiegel trafen, machte sich Überraschung auf ihrem Gesicht bemerkbar. Als könne sie nicht glauben, dass das Kleid wirklich ihr gehörte, glitt Emmas Hand zwischen den Falten des Rocks hinunter. Langsam streichelte sie den schönen Stoff.

Als sie aufschaute, blickte sie Libby in die Augen. »Ich hab nicht etwas für dich.«

Dann griff sie plötzlich nach Libbys Schere. Mit äußerster Sorgfalt schnitt sie eine Locke krauses Haar vom Kopf des Babys Henry.

Als sie die Schere hinlegte, drehte sich Emma zu Libby um. Sorgfältig platzierte sie die schwarze Locke in Libbys Handfläche.

»Ich dankt dir«, sagte Emma einfach.

Libby wusste, dass sie viel mehr als nur das Kleid meinte.

***

Als die Öllampen auf der *Christina* flackernd ausgingen, senkten Deckhelfer die über dem Heck hängende Jolle ins Wasser. Als geschehe nichts Wichtiges, ruderte einer von ihnen das kleine Boot zur Flussseite der *Christina*.

Während Libby, Kapitän Norstad und Samson vom Sturmdeck aus zuschauten, stieg Caleb in die Jolle. Geschmeidig wie eine Katze folgte ihm Emma. Als sie sich setzte, übergab ihr Jordan etwas, was wie ein mit Decken gefüllter Wäschekorb aussah. Emma stellte den Korb neben ihre Füße.

Als Libby sich über die Reling lehnte, trat Jordan zurück und verschwand kurz darauf. *Wo ist er hingegangen?*, fragte sie sich. *Ich will immer noch wissen, wie er aus Saint Louis entkam.* Dann erinnerte sich Libby daran, dass ihr Vater Jordan ermahnt hatte, außer Sichtweite zu bleiben, wenn sie im Hafen waren.

Als Caleb die Ruder ins Wasser tauchte, verkrampften sich Libbys Hände vor Nervosität. Im offenen Wasser konnten sie leicht entdeckt werden. Nicht einmal Bates konnte ewig Fruchttörtchen essen! Was, wenn

Riggs oder die Sklavenfänger gerade im dümmsten Augenblick auftauchten?

Als Calebs kräftige Arme die Ruder führten, bewegte sich die Jolle sanft weg von der *Christina*. Gerade bevor Emma in der Dunkelheit verschwand, schaute sie nach oben. Mit ihren Augen suchte sie Libby, dann winkte sie. Dann flüchteten Emma und der kleine Henry in die Nacht.

»Wird es ihnen gut gehen?«, fragte Libby ihren Vater.

»Ich denke schon«, antwortete er. »Es ist zu gefährlich, ein Baby mit der Bahn reisen zu lassen.«

»Caleb wird sie zum nächsten Bahnhof mitnehmen?« Libbys Stimme war kaum lauter als ein Flüstern, und sie meinte keinen echten Bahnhof.

Als ihr Vater nicht antwortete, erinnerte sich Libby daran. *Ich hätte nicht fragen sollen.* Trotz all der Dinge, über die sie sprechen konnten, gab es Dinge, die sie lernen musste, nicht mehr zu erwähnen.

Doch dann schaute Papa sie an und lächelte. »Es ist gut, dich wieder hier zu haben, Libby. Ich bin sehr froh, dass du in Sicherheit bist.«

»Ich auch!« Es schien immer noch unglaublich, dass alles gut verlaufen war.

»Ich nehme an, dass dies zu einer *Gib-nie-auf-Familie* gehört«, sagte Papa. »Wir sind gern zusammen.« Er streckte einen seiner langen Arme aus und umarmte sie.

Ein Lächeln umspielte seine Mundwinkel. »Libby, ich habe den starken Verdacht, dass du ein ›Schaffner‹ geworden bist.«

Als sie zu ihrem Vater aufschaute, war Libby überwältigt davon, wie er sie liebte und akzeptierte. Sie wollte ihm sagen, wie viel ihr das bedeutete. Stattdessen konnte sie nur sagen: »Ich habe den starken Verdacht, dass du recht hast.«

Genau in diesem Augenblick hörten sie Schritte hinter sich. »Sie verlangten nach mir, Sir?«, fragte Herr Bates.

»Wir müssen über etwas sprechen«, antwortete Kapitän Norstad. »Gehen wir in meine Kajüte.«

Als Herr Bates durch die Tür ging, drehte sich Libbys Papa zu ihr um. Ein Augenlid senkte sich zu einem langen, langsamen Zwinkern.

Libby lachte beinahe laut heraus. Gerade noch rechtzeitig hielt sie sich die Hand vor den Mund.

Bald erstarb Libbys Lachen. Mit wachsender Nervosität wartete sie auf Calebs Rückkehr. Stunden schienen zu vergehen, bis Libby endlich das leise Eintauchen von Rudern hörte.

Libby raste die Treppen hinunter. Als sie schließlich das Hauptdeck erreichte, war Caleb auch schon dort.

Sein Grinsen erwärmte sie, genauso wie seine Worte. »Lass uns Jordan erzählen, was geschehen ist«, war alles, was er sagte.

Als Libby Caleb zum Maschinenraum folgte, sprangen ihre Gedanken vorwärts. In nur wenigen Tagen hatte sich ihr Leben für immer verändert. Libby wusste, dass sie nie mehr dieselbe sein würde. *Was geschieht als Nächstes? Wo gehen wir hin? Was werden wir tun?*

Eines stand fest: Wohin auch immer die *Christina* sie brachte – es würde etwas Aufregendes geschehen.

Danksagung

Oft werde ich von Leuten gefragt: »Lois, wie kann ich wissen, wer real ist und wer nicht?« Damit meinen sie: »Welche Figuren haben wirklich gelebt? Welche Figuren sind erfunden?« Wenn du dir dieselbe Frage stellst: Auf einer Seite zu Beginn jedes Buches gebe ich die Namen der Leute an, die in der Zeit gelebt haben, in der diese Geschichte spielt. Ich habe mein Bestes versucht, um sie möglichst so zu beschreiben, wie sie wirklich waren, was sie wirklich taten und sagten.

Nehmen wir zum Beispiel Asa Turner, den Pastor der ersten Kongregationalisten-Kirche in Iowa. Als ihm klar wurde, dass mehr Gemeinden gebraucht wurden, schrieb er an das Andover Seminary in Massachusetts und bat Studenten, sich zu überlegen, ins Iowa-Territorium zu kommen. Als Reaktion versammelten sich mehrere junge Männer nachts in der Bibliothek. Um keinen Brand zu verursachen, beteten sie im Dunkeln – um die Führung Gottes.

Pastor William Salter, später als Dr. Salter bekannt, war einer von denen, die dann zur Iowa Band gehörten. Sowohl Asa Turner als auch Dr. Salter sorgten in entscheidenden Jahren von Iowas Geschichte für eine starke geistliche und gegen Sklaverei gerichtete Leitung.

Ein Mitglied der Gemeinde von Asa Turner, Diakon Trowbridge, befreite wirklich ein Baby von einem Sklavenbesitzer im Nordosten des Staates Missouri. Das Trowbridge-Haus steht immer noch als ein privater Wohnsitz in Denmark in Iowa. Ich bin Gayla Young und ihrer Tochter Stacy dankbar, dass sie mir das geheime Zimmer zeigten, das Gaylas Großeltern, Robert und Ethel Riddle, entdeckt hatten.

Die Quäker-Gemeinschaft von Salem in Iowa war ein bedeutender Knotenpunkt der »Untergrundbahn«, auf Englisch »Underground Railroad«. Zehn Routen führten in die Stadt hinein oder aus ihr hinaus. Henderson Lewelling, der das Haus gebaut hatte, in dem die Familie Kimberly während der Geschichte lebte, war ein Pflanzenzüchter, der etwa 700 Bäume und Sträucher mit dem Ochsenkarren nach Milwaukie in Oregon transportierte. Dort wurde er als der Vater der West Coast Fruit Industry (»Westküsten-Fruchtindustrie«) bekannt. Sein Bruder Seth züchtete die Bing-Kirsche.

Henderson Lewellings Zuhause in Salem ist nun ein Museum, das die wichtige Stellung honoriert, welche die Gemeinschaft der Quäker in dieser Gegend eingenommen hatte. Ein Dank an Marcia Cammack für ihre großartige Führung durch dieses Museum!

Und wie steht es mit Elijah Lovejoy, dem Zeitungsherausgeber, den Caleb bewunderte? Heute ist Lovejoy als der erste Märtyrer für die Pressefreiheit in den Vereinigten Staaten bekannt. Wenn Sie die Altstadt von Alton in Illinois besuchen, sehen Sie ein Denkmal dieses mutigen Mannes.

Das Gebäude, welches heute als Old Courthouse (das alte Gerichtsgebäude) in Saint Louis bekannt ist, hat eine lange und schmerzliche Geschichte hinter sich. Aus einem Gerichtssaal innerhalb dieser Mauern unternahm Dred Scott seine ersten Versuche, von der Sklaverei frei zu werden.

Viele Jahre lang wurden auf der Osttreppe des alten Gerichtsgebäudes Sklavenversteigerungen durchgeführt. Am 1. Januar 1861 versammelten sich dann zweitausend junge Männer, um dem groß angekündigten Verkauf von sieben Sklaven beizuwohnen. Als der Auktionator das Bieten um den ersten Sklaven eröffnete, brüllten die Zuschauer: »Drei Dollar!« Nach zwei Stunden erreichte das Angebot acht Dollar. Der erschöpfte Versteigerer führte den Sklaven schließlich wieder ins Gefängnis. Nie wieder wurde versucht, in Saint Louis einen Menschen zu verkaufen.

Im September 1991 marschierten Afroamerikaner und Weiße Seite an Seite zur Treppe des alten Gerichtsgebäudes. Im Regen stehend, baten weiße Führer um Vergebung für die vergangenen und gegenwärtigen Sünden gegen Afroamerikaner. Schwarze Christen sprachen ihre Vergebung aus.

Zusätzlich zu den bereits erwähnten Personen haben auch einige weitere bei der Vorbereitung dieses Buches mitgeholfen. In Denmark in Iowa geht ein Dank an David und Peg O'Rourke, Leontina Raid und Carol Whitmarsh.

Ein Dank geht an Janice Wright vom Besucherzentrum in Alton in Illinois, an die Bibliothekare des Hayner Public Library District, an Charlene Gill, die Präsidentin, und Shirley Dury von der Alton Area Historical Society.

Roberta und Hurley Hagood aus Hannibal in Missouri ließen mich großzügig an ihrer Zeit und ihrer Forschung teilhaben. Meine Dankbarkeit richtet sich auch an Susie Guest, die Bibliotheksassistentin der Burlington Free Public Library; an William S. Trump Jr., Pastor, und an Anna Martin, Historikerin der First Congregational Church von Burlington in Iowa; an Neal Dodd und den Historiker John Haufman aus Fort Madison in Iowa; an H. Scott Wolfe, Geschichtsbibliothekar des Galena Public Library District aus Galena in Illinois; an Phyllis Kelly, DeKalb County Historikerin aus Sycamore in Illinois; an Harry Alsman aus LeClaire in Iowa und an Joseph W. Sutter, Herausgeber von *S & D Reflector*.

Außerdem danke ich Emily Miller, Bibliothekarin der Missouri Historical Society Library and Collections Center in St. Louis; Barbara Kolk von der American Kennel Club Association Library in New York und Ed Hill, Archivar der Special Collections der Murphy Library in der University of Wisconsin, La Crosse. Alle gaben mir unverzüglich Antworten auf meine vielen Fragen.

Durch das Dampfschiff *George M. Verity*, das sich im Keokuk River Museum im Victory Park in Keokuk in Iowa befindet, bekam ich ein Gefühl davon, was es heißt, auf einem Flussschiff zu leben. Robert L. Miller, der Konservator dieses *National Historic Landmark*, gab mir auch sein persönliches Wissen und seinen Ideenreichtum weiter, half mir auf unzählige Weise und las Teile des Manuskripts. Tausend Dank, Bob!

Neben Informationen, die sie mir gaben, haben vier weitere Personen auch Teile des Manuskripts gelesen und Verbesserungsvorschläge gemacht: Linda Slaikeu aus Cushing in Wisconsin; Lewis Savage, Quäker-Pastor von Salem in Iowa; Thomas Robinson, Präsident des

Minnesota Valley Kennel Club, und Norma Robinson, Präsidentin des Newfoundland Dog Club der Greater Twin Cities aus Eagan in Minnesota.

Meine Dankbarkeit geht auch an Gene Early, Birdella Johnson, Bill Soderbeck und Walter Johnson aus Frederic, Grantsburg und Siren in Wisconsin.

Ich danke auch euch, Jena und Randy Luck aus Dayton in Ohio, für die Hilfe bei der Handlung. Meine treuen Herausgeber – Ron Klug, Barbara Lilland und Helen Motter – ermutigten mich und halfen mir, dem Buch Gestalt zu verleihen. Ein Dank geht auch an meine Künstlerin, Andrea Jorgenson, die Libby und die anderen Figuren in der US-amerikanischen Ausgabe dieses Buches lebendig erscheinen lässt.

Schließlich bin ich meinem Mann Roy dankbar. Als ich mitten im Schreiben der »Abenteuerwälder«-Reihe war, sagte ich ihm: »Es macht mir so viel Spaß, dies zu tun. Ich werde meine Figuren vermissen, wenn ich aufhören muss. Was könnten wir als Nächstes tun?«

Danke, Roy, für deine grandiosen Ideen, die du mir immer wieder gibst. Danke, dass du mich unzählige Male ermutigt hast. Und danke für all die Freude, die wir hatten, als wir gemeinsam den Mississippi hinauf- und hinunterreisten, um so viel über die »Untergrundbahn« herauszufinden.

Was geschieht als Nächstes …?

Eine rätselhafte Person hält sich auf der dunklen Uferpromenade in der Nähe der *Christina* verborgen. Libby Norstad ist sich sicher, dass es der grausame Sklavenhändler Riggs sein muss, der schwor, dass ihm kein Sklave je lebendig entkommen wird. Vermutet Riggs, dass sich der entlaufene Sklave Jordan Parker auf dem Dampfschiff ihres Vaters versteckt?

Voller Angst, dass Riggs versuchen könnte, verkleidet an Bord der *Christina* zu gelangen, suchen Libby und Caleb die Menschenmengen an Passagieren ab, die ins Minnesota-Territorium wollen. Ist Riggs unbemerkt an ihnen vorbeigehuscht? Wegen des Gesetzes über flüchtige Sklaven kann Riggs Jordan sogar von einem freien Nordstaat aus in die Sklaverei zurückbringen. Wird es Jordan schaffen, seine Entdeckung zu verhindern?

Der Abenteuer-Fluss 2

Wettlauf um die Freiheit